2017

冰山一角

王淼 著

中国广播影视出版社

图书在版编目（CIP）数据

冰山一角 / 王淼著 . —北京：中国广播影视出版
社，2023.3
ISBN 978-7-5043-8972-5

Ⅰ.①冰… Ⅱ.①王… Ⅲ.①诗集—中国—当代
Ⅳ.①I227

中国国家版本馆 CIP 数据核字 (2023) 第 014355 号

冰山一角

王淼　著

责任编辑：任逸超
封面设计：马　佳
责任校对：张　哲

出版发行：中国广播影视出版社
电　　话：010-86093580　　010-86093583
社　　址：北京市西城区真武庙二条 9 号
邮政编码：100045
网　　址：www.crtp.com.cn
电子信箱：crtp8@sina.com

经　　销：全国各地新华书店
印　　刷：三河市龙大印装有限公司

开　　本：880 毫米 ×1230 毫米　　1/32
字　　数：266 千字
印　　张：9
印　　次：2023 年 3 月第 1 版　　2023 年 3 月第 1 次印刷

书　　号：ISBN 978-7-5043-8972-5
定　　价：58.00 元

目　录
CONTENT

2018

2019

2020

2021

2022

TIP OF
THE
ICEBERG

2014

---

06 月 01 日 │ 六月的隧道

五月的尾巴六月的梦

我蹒跚摇曳在和风中

依旧带着孩童时期的懵懂

眼中充满了任性和倔强

当我欢脱地掬起阳光一抔

花儿会唱着醉人的馨香

我兴冲冲地看着眼前的水月镜花

不曾在意这似水的年华

TIP OF
THE
ICEBERG
2014

| 06 月 05 日 | 留不住的人 |

抑制不住眼泪的诱惑

每一次的不期而遇

都不再会有初见时的踟蹰和彷徨

不愿与你擦肩而过

因为那样会带走

属于我的整个世界的馨香

徒留我孱弱的

悲哀和荒凉

现如今的我只剩下声嘶力竭

歇斯底里的声音逐渐失去色彩

每一份纯真的记忆都铭心刻骨

我一次次躲避投向自己的眼神

那令人艳羡的不可复制的勇敢而坚毅的眼神

值得我用生命守护的人啊

带着怜悯的蓝色

永远地离开了

TIP OF
THE
ICEBERG
2014

10月06日 │ 希望的远方

我这奋力抛向希冀的奢望

断不是生命中瑰美的凝视

我用安息浸渍忧郁和凄惶

只能无力驱逐不安和迷惘

若有所思地静静遥望远方

虽然

只是在心里荡起些许涟漪

即使

那里永远都被我视为远方

10月25日 │ 校车上的别离

TIP OF THE ICEBERG 2014

　　越接近自我就越没有欢乐。没有任何征兆的，突然心就空了一下，然后夹杂而来的是无法平息的铺天盖地席卷而来的芜杂和慌乱，只能任凭心脏怦然跳动。在校车上往窗外看的时候，一种莫名的恐惧袭来。仿佛是我生命里的那首歌，我为它轻声伴奏，轻声和着。

12月11日 │ 傍晚时分的人工湖

TIP OF THE ICEBERG 2014

　　当爱已成为一种负担

　　平淡无奇的心像一只飞鸟一样，掠过幽邃的湖面，写满深沉的遐思

　　鲜妍的颜色更是无理取闹，铺满了整个湖面和天空

　　心尖上跳动着的每一个音符，都在湖面上泛起涟漪

　　虽非虚妄，却自成一段风流

　　因为简单，所以深沉

TIP OF THE ICEBERG 2015

任由自己的脚步四处流浪

没有任何目的

游走在喧扰的小巷

将自己熟知的故事撕碎在这暗弱的天际中

将自己熟知的故事倾泻在不知名的小溪里

走在水泥的石桥上

走在公园的石子路上

走在每一片陌生的土地上

这荒芜的心，又有谁能够救赎

不自觉地在人生的街角迷了路

无论我是拒绝或者接受

都走向迷途

我累了

也倦了

如果可能的话

我宁愿一无所有

包括

这世界

也包括

我自己

TIP OF
THE
ICEBERG
2015

04 月 19 日 │ 寝室外树上的鸟

好想寻找一个简单的借口
可是那样会违拗事实
并且不能改变一颗执拗的心
树上的鸟灵活地跳来跳去
叽叽喳喳的叫声
渐渐消失在淅沥的雨中
我并没有什么承诺和背叛
只是想尽早地离开
这个即将吞噬我的坟墓

新生的草
无情地撑破原来的虚伪
一场雨过后
几朵鹅黄的连翘花
落了下来
一片玻璃碎了
可是
每一个碎片
都带着更加锋利的棱角

TIP OF
THE
ICEBERG
2015

| 离别的时刻

这一别，也许就真的是永诀

无论哭得再撕心裂肺，遇到阳光也会让泪水干涸

不知道这氤氲的梦，放肆的是谁的青春

不求一次华丽的登场，但至少企盼着一个并不悲伤的结局

也许曾经互相伤害，但从此再也不能倾诉

悄悄地，成为比陌生人还要陌生的，不知道还算得上是什么的人

倘若再次重逢，不知又会是怎样的光景

真正的告别却什么都没有，我甚或不知如何卸下这沉重的枷锁

别了，作为一段故事的终点

TIP OF
THE
ICEBERG
2015

夜

孤独

因为没有星光

夜

困顿

因为没有皓月

夜不再那么寒冷

只是覆盖了一层冰霜的颜色

忧郁的夜幕

被我悄悄地拉开

忧郁的夜空一无所有

摒弃了试图划破它心脏的闪电

我只是看着它遥望着这个世界

无语无泪

TIP OF THE ICEBERG 2015

| 10月04日 | 大医的海 |

大海是无尽的孤独和浩瀚

大海是泪水编织的谎言与童话

大海是一开始就结束的迷梦

大海是无数血液汇聚成的坟墓

大海是永无止息地喧扰和惊悸

TIP OF THE ICEBERG 2016

02 月 24 日 │ 黄昏的草地

在那个我以为的世界里

我坐在夕阳的怀抱里

金黄色的光笼罩着翠绿的草坪

路边的树上结出了红色的果实

我的影子静静地摇曳在湖水中

别人眼中的温馨，于我而言

唯一感受得到的只有

——孤独

我不懂他们的爱情

02 月 28 日 ｜ 残雪未褪

溟蒙的风温润

阳光也失去骄傲的神色

残雪未褪

只剩下我行走在空空如也的路上

空气中还残存着烟火的味道

我早已来到了这里

等待的不是戈多

我知道这执拗的等待是多么地不可思议

即使明明知道不会有任何结果

只是看着路边的树

一棵树上有一只很久没有被打理的鸟窝

04月02日 | 枝头发芽

今天的小风有点倔强
满目的萧然与内心的喜悦是鲜明的对比

春天它来了，或许它早已来临
枝头上发了芽
即将生发出新的生命
我的梦又碎了
或许我早已心碎

TIP OF
THE
ICEBERG
2016

05月22日 | 树上开出紫色的小花

TIP OF
THE
ICEBERG
2016

大外的花开了
林荫道上满是紫色的回忆
浓郁的香气顺着风流淌着
香气中散落着些许失落的留恋
那些树所承载的美好
远远不是我所能承受得了的

TIP OF
THE
ICEBERG
2016

06月29日 │ 校车点前的路灯

我与大外

与这大外的夜幕

与这夜幕下的路灯

与这路灯下的灯火通明是如此陌生

仿佛素未相识

在天黑的时候

那路灯清清楚楚地照出银杏树的脉络

带着红色的叹息

我在喧扰的人流之中努力地体味着暗夜的温度

聪明的你告诉我

我哪里错了吗

TIP OF
THE
ICEBERG
2016

07 月 17 日 | 寄情哀思

情收下我的哀思，用以弹奏世间所有悲怆

TIP OF
THE
ICEBERG
2016

08 月 01 日 | 远山之上，晚霞式微

远山之上，晚霞式微

09月30日 │ 海上的藻类会发光

TIP OF THE ICEBERG 2016

静静的海风

传来了大海的腥膻

还有大海的诅咒

巨大的力量将吞噬一切可以吃掉的

包括黑暗本身

10月01日 │ 路灯

时间和梦想都躁动了起来

路灯又换了颜色

仿佛再一次拾起了人间烟火

熊熊燃烧的是我

在贫瘠的阳光中挖出金色的宝藏

白茫茫的雾气笼罩着一个又一个的路灯

我只是单纯地走着，别无其他

TIP OF THE ICEBERG 2016

TIP OF
THE
ICEBERG
2016

昏暗的天际撩拨着夜的眼帘

寒冷的风没有目的地跳着舞蹈

静静的伤感流淌在湖面

我眼角处是淡淡的泪痕

喑哑之后

是过期的等待

不知这熟悉而陌生的夜空

缘何寂寞无语，静静守候

TIP OF THE ICEBERG

2016

| 10 月 28 日 | 我是一滴眼泪 |

我

曾是这个人前世的一滴眼泪

今世也被同一个人抛弃

在

这寒凉的秋天

落在

第一棵落尽树叶的银杏树上

看着这在人间烈火中相识的人

然后重重地摔在地上

有一种被马蜂蜇到的感觉

静默无语之中

我想起很多

毕竟我曾是一滴

饱含深情的、温暖的眼泪

20

TIP OF THE ICEBERG 2016

11月05日 │ 雨落在银杏树上

干枯黝黑的树干中

生发出诡异的魂灵

将我高举到半空中

然后

奋尽全力重重摔下

我碎成无数的碎片

每个碎片都闪耀着

我破碎的故事和感情

暗夜

静静地在心底喘息

TIP OF THE ICEBERG

2016

11月06日
——————————
明阳湖畔的路人

暮色将暗未暗之际

心境将凉未凉

明阳湖畔

一个模糊的身影伫立着

不知名的鸟自顾自地在湖边的树上叫着

两只非洲雁在水面上游曳

静静的湖面微波粼粼

正如那看似平静的路人的心底

静谧之下暗流涌动

心底是芜杂的野草

野草在痛苦地蔓延

这毕竟不是他的世界

湖水算不上清澈

只是在湖边能看到红色的鲤鱼

那些鱼儿跟随着路人的脚步

却不懂得路人他自己的孤独

那些鱼儿像是在诉说

如果能听懂的话

大概也是路人悲惨的宿命

一张巨大的网

死死地套住这仅有的

半颗良心

在地上流淌出一摊鲜血

在暮色掩映下愈发黝黑

吞噬了路人

还有除了寂静以外的所有

TIP OF

THE

ICEBERG

2016

12 月 09 日 ｜ 人间三事

人间三事最难得

其一，一身正气两袖清风

其二，胸中丘壑笔底波澜

其三，宁鸣而死不默而生

03 月 04 日 ｜ 海鲜街

TIP OF THE ICEBERG 2017

海鲜街的灯红酒绿
掩映着内心的浮躁

03 月 05 日 ｜ 海边浪花

TIP OF THE ICEBERG 2017

曾经的我用自己廉价的泪水去换周围人的欢笑
现在的我在人海喧嚣中渐渐忘记自己逝去的青春
我写自己微不足道的故事在这片热忱的土地上
但愿它被不知名的浪花簌簌地带向遥远的大海
不知道那天空可曾有情感
不知道那树叶可曾有情感
尽管周围还是熟悉的寂寞
炽烈的痛苦还在嘶嘶作响

04 月 01 日 │ 春天的鸟

窗子的外面有一只鸟前来休憩

我突然感觉到窗外已是春天

可是春天它什么时候来的呢

或许这将是最漫长的春天

无所谓温暖也无所谓严寒

重提的旧事不愿沉渣泛起

毕竟我的思绪早已不属于这里

而是早已长出了翅膀

盘旋在那空旷的天际

TIP OF THE ICEBERG

2017

04 月 03 日　镜子

我看了眼手表

显示是午夜的一点钟整

我来到镜子前

惊讶地看到一个和我一样的陌生人

我和他玩起了石头剪刀布

前两局是平手

第三局我输了

我看到镜子里的人发出刺耳的笑声

我忍无可忍

将镜子中的人撕成两半

我再次看了看表

显示是一点钟整

我看了看镜子

镜子里空无一人

只是不自觉地发出刺耳的笑声

TIP OF THE ICEBERG

2017

04 月 03 日
绿皮火车二十七块五

漫长的旅途拖着沉重的车厢驶离
火车它走啊走啊仿佛没有了尽头
车上是浮生众象
佝偻的老人声嘶力竭地对身边的人呼喝着
刚开始说话和走路的孩子吱呱吱呱乱叫唤
年轻的情侣亲来亲去没有一丝一毫的顾忌
一位叔叔骂骂咧咧吵嚷着为什么不让吸烟
病恹恹的妇人不停地擤鼻涕终于进入梦乡
一位中年妇女嗑着瓜子将瓜子皮扔得满地
列车的服务员臃肿的身体像蛇般灵活穿梭
数十位站票的人斜靠着座椅寻觅着空座位
年轻的小伙满嘴脏话说旁边的人素质低下
两名学生样的女生互相说着奇奇怪怪的事
老教授拿着小学生的作文仔细端详和修改
一群急不可耐的青年人聚在一起吆五喝六
大老板正操持着浓重的口音谈论着大买卖
老头对着哭泣的老伴依旧数落着不肯罢休
从车窗看风景的女子露出闲适恬淡的笑容
青年们带着手机听音乐玩游戏看各种喜剧
每一个人都被时代刻上深刻的烙印
我
低着头
听不清声音的喇叭中好像是在报下一站
列车在驶离

TIP OF THE ICEBERG 2017

05 月 24 日 ｜ 如阳光般的女子

我

在大外

身处阳光之中

却看不清脚下的路

不知道什么时候

竟忘记了感动

和岁月一样在墙角落里瑟瑟发抖

那被阳光包围着的温暖的人

也成为温暖的光

有谁会知道

我到底经历过什么

有谁会知道

是怎样高贵的灵魂撑起这样沉重的身躯

TIP OF
THE
ICEBERG
2017

06 月 14 日 │ 思念

当思念成为习惯，只愿一次又一次翻过冷漠

尽管，空荡荡的内心已经不能演绎新的温情的意外

接下来就是如何收拾心情，去迎接下一个篇章

抚慰离乱与不安，太阳照耀下的世界依旧温润如玉

06 月 17 日 │ 离别

记忆的碎片拼成雉堞

然后被华丽地推翻

我该如何抬起下巴面对未来

与其说身不由己

不如说猝不及防

言不由衷的话语

恣肆在记忆深处

一个人走下圣坛

没有任何感情地

离开了本就不属于我的世界

TIP OF
THE
ICEBERG
2017

TIP OF
THE
ICEBERG

2017

06 月 22 日 ｜ 大学毕业

大学四年浪费掉了我一生的幸运
在大学的点点滴滴汇成奔涌的泉
那些不舍的别离下是淡淡的哀伤
离别的笙箫总在猝不及防中响起
茫然地在芜杂的回忆里细细搜寻
学校的边边角角写满了美好回忆
我用心祝福即将天各一方的友人

09 月 02 日 ｜ 开学

TIP OF
THE
ICEBERG

2017

还是熟悉的校园

只是没有当初那个熟悉的心跳

然而，我来了

一个不是新人的新人，在大外四处游荡

我与这月亮十分熟悉，与眼前的人无缘

09 月 07 日 ｜ 人、事、名

手机上是手上残存的油渍

清晨的风在随性地吹拂着

皂荚树的花落在手机屏上

忙碌的我无暇顾及这奇景

时光飞速地从指隙间划过

我在想什么

想着眼前人、心中事、身后名

TIP OF
THE
ICEBERG

2017

09 月 08 日 ｜ 寻不到的自己

他

在四处游走

试图寻找当年的心跳

他

在四处流浪

试图感受当年的温度

他

一次又一次

欲言又止，四处徘徊

却找不到当年的自己

当年那个为春天痛苦呼吸的孩子

他

在茫茫人海中找不到自己

只能嘲笑自己的野蛮和悲伤

月光还会柔和地抚慰大地

还有

他瑟缩的心

09 月 14 日 | 夜色

TIP OF
THE
ICEBERG

2017

忧郁的夜色点缀着忧郁的世

蛐蛐正扯开嗓子死命地面对

我在人海茫茫之中

看不到自己的身影

遗失的凡鸟在夜空中盘旋

倾诉着异样的惊悸和不安

罢了

累了

09 月 15 日 | 新生军训

不温不火的天空

不冷不热的温度

大一新生的声音仍旧在操场上盘旋

鸳鸯湖畔

一群蜻蜓在飞舞着

几只狗在互相追逐着

从空中飘下来一片

这个人的逆麟

TIP OF
THE
ICEBERG

2017

34

TIP OF
THE
ICEBERG
2017

| 09 月 19 日 | 银杏果实 |

银杏树的果实
重重地摔在地上
满地的落叶
承载着曾经的岁月
几只孱弱的蝴蝶
在风中上下飘摇

我遥望远方
尽管
那里一直被称为远方

很快
秋天的肃杀将会掠夺所有的生机
或许我早已猜到
只是
不愿意承认罢了
我期待着
像落叶一般
被陌生人捡去

绵绵的思念像是顽皮的孩子，在秋季来临的时候，在地上肆意地打着滚

银杏树的叶子渐发黄了起来，在稍许冷淡的风中，在枝头轻柔地摇曳着

被风捡起的不是落叶，是这个季节的伤感

打着旋，柔柔地软软地，温馨地卷起来，像是一个要牵手却又有些羞涩的猫咪

暗弱的天空氤氲着几朵惨白的云，懒散地挪来挪去

明净的湖水倒映出清晰的倒影，缱绻着那几缕愁思

故乡的歌总在寂寞的时候悄然来临，柔弱的心像是被温暖环抱，又像是被冷风吹拂

秋，像是不速之客，毫不客气地带走夏日的酷热，还有——绿色的生机

九月的今天，如此平凡的一天，然而又是如此不平凡的一天

一个人讲述的故事，终于要画上句号

没有听到任何对生命的感喟，也没有看到任何对于生命的敬畏

遗世独立，只是想再次抚摸回忆的温度，再次触及那转瞬即逝的过往

没有任何相片抵得上曾经一同经历的欢愉

没有任何一场电影会表现出曾经的轻狂放浪

没有任何一种语言任何一句话表达出曾经真挚的情感

然而，我输了，输掉了一切……

输掉了一场不是比赛的比赛

甚至连自己的对手都早已离开

我只是这样这样地陷入对自己的欺骗

TIP OF
THE
ICEBERG
2017

09 月 28 日 ｜ 火烧云

几只鸟在雨后未干涸的水潭里打着滚

瑰美的火烧云染红了大半个天空

银杏树在风中摇着头沙沙作响

我坐在滑梯的下面

望着那里

TIP OF
THE
ICEBERG
2017

09 月 30 日 │ 操场上的影子

枯萎的灵魂

竭力地拖拽着

沉重的身躯

在长长的跑道上

一圈

又一圈

我还在人生的跑道上行走

身边的人换了一次又一次

包括昨天的我自己

我的影子被我拖着

在操场上移来移去

忽浓忽淡

忽远忽近

直到焦躁的心渐渐平静

直到夜色吞没一切

TIP OF
THE
ICEBERG
2017

| 10 月 01 日 | 大雨之前 |

天空仿佛在酝酿下一场哭泣

而我

却早已没有了为自己而哭泣的眼泪

和勇气

我的身影

环绕在第一棵落尽叶子的银杏树旁

我进入到它漆黑的树干里面

看着一只蝴蝶薄如蝉翼般

孤单单地落在这凉寒的地面

然后一动不动

刮起了轻轻柔柔的风

虽然不算寒冷

可曾还有一丝感情

TIP OF
THE
ICEBERG
2017

10月08日 ｜ 死了的猫

天际灰蒙蒙的，氤氲着些许愁思
叶子散了，落了一地
空气中弥漫着温馨的气息，湿润而不寒冷

轰隆的机器声
来来往往的人

薛定谔的猫死了好久
还没有人发现
它身体僵直，斑驳着些许血色
只有眼睛还有些温度

天际灰蒙蒙的，氤氲着些许伤感
叶子脱离了枝头，试图掩饰这曾经的悲恸
空气中弥散着温馨的气息，湿润而不寒冷

我漫步在树林间
看着它自己的
葬礼

我在大外，抱着答案，也许只是太过无聊罢了

TIP OF
THE
ICEBERG
2017

10 月 15 日 ｜ 启程

人山人海中还是那个熟悉的校园

只是再没有当初那个熟悉的心跳

他的故事写满了所有的梧桐树叶

他的泪水流淌汇聚成奔涌的泉水

静静陪伴为命运慕名而来的朋友

用以试图开启一段新的心路历程

借以救赎他曾经犯下的所有罪愆

TIP OF
THE
ICEBERG

2017

| 10 月 19 日 | 秋背我而去 |

枝干不再留恋树叶

树叶便急切地亲吻大地

我的面前

一枚树叶被车轮狠狠地压过

它会痛吗

也许不会

但是我会

但是我会心痛

在这十月的季节

秋，背我而去

不曾有一丝留恋

TIP OF THE ICEBERG

2017

| 10月22日 | 车库所在的山坡 |

在十月二十二日这一天
狂妄的风和我一样放肆

我穿梭在人山人海之中
路上的枯叶被无情卷起
然后在空中无助地飘忽
就像身处异乡的我一样

我走到一片陌生的山坡
山坡长满了芜杂的荒草
和我内心一样芜杂的草
被无耻的风猛烈地吹拂

我践踏着和我一样卑微的叶子
这些叶子的身体被痛苦地撕裂
那声音来自我的心府绝非天堂

10月27日 │ 枯叶入水

TIP OF
THE
ICEBERG

2017

我从暗夜中走来
看不到自己的影子
一片枯萎的叶子
像水一样柔软地
融进我的身体里

10月28日 │ 十月的尾巴

十月的尾巴，如此煎熬
太阳在懒散地打着呵欠
微风像猫一样暖融融的

银杏的叶子沾染了太阳的颜色
跟随着风的轨迹扑簌簌地落下
我在这里，百无聊赖

TIP OF
THE
ICEBERG

2017

TIP OF THE ICEBERG 2017

10月29日 | 从海天一碧到夜幕降临

我的心和太阳一样炽热和孤独

心境也和天空一样澄碧和空旷

天空倒映着大海的恬淡与浩瀚

太阳曾经充斥着我滚烫的鲜血

天空伴随着夜色暗淡了容颜

太阳也失去了光泽变得柔和

夜

夜幕

席卷了我

席卷着我心中的不安

我摇摇晃晃

在一片芜杂中

努力寻找一份宁静

TIP OF
THE
ICEBERG
2017

10 月 31 日 | 安静的夜晚

突然间

时间停下了脚步

风也屏住了呼吸

希望的种子发了芽

从黝黑的树干中

努力地挣脱出来

透过薄薄的窗棂

闯进了我的心里

刺破了夜的心脏

我看到了

物欲横流的浮躁

在半空中盘旋着

TIP OF
THE
ICEBERG

2017

11月02日 │ 成为陌生的自己

世上有一种难过
是雪藏自己感情
做不愿做的事情
成为陌生的自己

不过是一种无奈
却不是一种悲哀

TIP OF THE ICEBERG

2017

我伸出一只手掌

一滴水落在上面

是前世的一滴泪

如此熟悉而陌生

残存着些许温度

却足以融化整个世界

我的梦想和天上的鸟儿一样

自在地飞翔

穿越所有的

孱弱和悲伤

直到铅华洗尽

我曾经的付出

只不过是为了

掩埋一切过去

如此可怜的

我

如此可怜

TIP OF THE ICEBERG

2017

11 月 03 日
我的故事

我在纸上流浪
大风无耻地肆虐
却吹不走心中的郁结

我一个人在这里
呆呆地站在这里
看着斑斓的叶子

没有两片是相同的
但我是否会厌烦呢

就如同和这里的人一样
都是一样的陌生
和陌生
但我是否会感到腻烦呢

一个人的哭泣
也许是喜剧
两个人的哭泣
也许是悲剧
而所有人的哭泣
则是我的故事

他

没有感情

确切地说

他的感情是周围的人赋予的

他像一个异世界的人一样

平行在理想和底线之间

在前行的路上

有的人看着自己的理想

有的人看着自己的底线

而他

从来不知道

自己怎么样

不知道

这小丑一样微笑的面具背后

是一个怎样的自己

他累了，他倦了

看着月亮的哀婉

看着这故事继续

他就像风中的叶子一般

流浪，流浪

找不到自己的方向

夜幕吞噬一切

他摆脱掉暴晒的太阳

在不知名的港湾

喘息着，怀念着

TIP OF
THE
ICEBERG
2017

11 月 05 日

对不起我曾经是他

可能是自己的感情和故事

浪花朵朵堆起相思
而他的遐思化作水中月亮的倒影
摇摇晃晃中
他再次撕开了
那被命运无数次揭开的伤疤
和面具

再一次面朝大海
他一样呜咽无语

他逐渐走到我的心里
走进我空空如也的心里
蜷缩着

我才意识到
他就是昨天的我

"对不起
你不是他"
"不
我是他
对不起
我曾经是他"

子规鸟啼尽了鲜血
湘妃的泪洒满了竹林
我在海边踱步
听那浪潮的窃窃私语

11 月 09 日 | 会有天使为我爱你

眼前的人啊

熟悉的抑或是陌生的人啊

会有天使为我爱你

而我

要这浮生有何用

要这贫瘠的灵魂有何用

风感到寒冷

四处流浪

不住地瑟缩着

华丽的辞藻化作相思的泪

洒满正在飘落的每一片树叶

小小的树叶上

承载着它的前世今生

在这一生唯一一次的相遇中

我，孤单伫立，呜咽无语

或许是爱，或许是恨

丝丝缕缕的纠葛

更像是我心中疯长的荆棘

非此即彼的漩涡

像摩天轮一样旋转

像华尔兹舞一样优雅

我站在那里

眼前的大门紧闭

那扇门曾为我敞开

我曾经看到门后的风景

世间最美最美的风景

我选择离开

带着自己的自卑

不敢仰望

静静的河水流淌在心田

TIP OF
THE
ICEBERG
2017

| 11月10日 | 天空的泪痕 |

太阳和风，正竭力掩盖天空的泪痕

秋，再一次试图用最后的落叶阻断我对它的追随

TIP OF
THE
ICEBERG
2017

11月11日
彼岸花开此情无解

朦胧的记忆是一条毛毯
裹挟着被年华冷落的我
温润的和风在耳边嗫嚅

歪歪斜斜的影子在追随
浮生在浪潮中若隐若现
我只是在这里兀自遥望

感情像树的年轮一样
一圈一圈不断地增长
我陷入泥淖无可救药

记忆的雉堞
抚慰离乱和不安
暗夜
静静地在心底喘息

遍体鳞伤的自己啊
为命运慕名而来的自己啊
曾经为春天痛苦呼吸的自己啊
站起来吧
那早已丧失本性的灵魂

深沉温暖的问候
会是世间最温暖的解药
眼睛成为了黑夜的心脏
泪水流淌成清浅的河水

东拼西凑我的心
可愿再次滚烫

秋日的审判

被告席上坐着

皂荚，银杏，梧桐，榉树

和我

那些树木在摇晃着脑袋

发出悦耳的天籁

风也伴随着节奏吹拂着

片片落叶是它们的眼泪

潸潸地落下来

我走在

落叶织就的小路上

从秋天走到春天

从夏天走到冬天

仿佛

一个世纪那么遥远

我与这风如此陌生

却与太阳熟悉

TIP OF

THE

ICEBERG

2017

11 月 13 日

秋日审判

TIP OF THE ICEBERG

2017

---

11 月 14 日 ｜ 校园里的树

天空如此地夐远和澄澈

像极了一汪清浅的眼眸

那么纯洁，乐观，开朗

我一个人走在林荫路上

可以看到远处蓊郁的山

被风点燃了黄色的印记

我在树林的影子中穿梭

头痛欲裂

身后的叶子还在凋零着

这柔弱的心

为这暗夜所跳动

为这夜幕下的人怦然而动

张开双臂

任凭记忆在身边嬉戏玩耍

儿时的笑声回荡在

耳畔和脑海

儿时的记忆

是彩色的泡沫

是和手中棉花糖一样的云朵

泪水欺骗了自己

再次夺眶而出

我成为了夜的眼睛

在黑暗中窥视大地

在黑暗中寻找光明

我想说声对不起

却找不到当初的自己

我在等候着，守望着

或许是奢望着

下一个说我"自私"的人

TIP OF

THE

ICEBERG

2017

11 月 16 日

回忆儿时的棉花糖

11 月 17 日 │ 落叶与纸船

我在镜子中
看不到自己的样子

天气越发冷了起来
风和我一样
在这里横冲直撞

落叶旋转着
飘散着
试图用一生最后一缕时光
舞动着
荒芜着

在田野里
在不知名的丘陵里
在大海里
在所能去的所有地方

和我一样

恍惚着

迷离着

失落着

无力地哀叹着

只有那孤傲的风

不断地发泄着愤懑

一只纸制的小船在水面上

即将沉下

我无能为力

我甚或不知

我会不会是下一艘沉船

在无人问津的故事里

11 月 19 日	倾心彼岸

秋日某天

寂静的午后

一杯热的豆浆

温暖了整个世界

在人生的十字路口

他竟不知道何去何从

在这个生命的风口浪尖

在这个无限而有界的宇宙

生命中从未如此对彼岸倾心

他的一只脚已经踏进未来

另一只也即将离开尘世

他想把生命中最绚烂的时刻

当作永恒来铭刻

可是他还有那些

曾经被无情挑断的脆弱神经

TIP OF THE ICEBERG

2017

| 11月20日 | 如果我是光 |

秋日的风荒芜了世界

枯萎的叶子不肯失去生命的绿色

梦想的种子在生根发芽

长成参天大树

枝繁叶茂

希望的阳光在浇灌贫瘠的魂灵

不知道

自己从何而来

或是镜子中

或是自己的心中

不知道

自己去往何处

或是远方

或是下一面镜子

我是谁

一个只有代号的自己吗

一个一无所有的自己吗

是最遥远的知己

还是最亲近的神秘

不知道这皮囊下面

是不是另一张对自己的面具

心中的种子发了芽

肆意地生长着

生命的绿色

不停地蔓延着

巨大的藤蔓上

没有一根刺

阳光

诗意地微笑

懒散地摇曳着

施舍给一点光明

微风划过枝头的破败

他说

他的生命早已不属于自己

11 月 21 日 ｜ 暗夜中被惊起的鸟

暗夜掩盖之下的悸动
惊起了树林中的一群鸟

我放空自己
抛开那些不愿面对的问题
和自己

或许是逃避
可是我不敢去想
又不过是一种无奈

TIP OF THE ICEBERG 2017

11 月 23 日 ｜ 枯枝

风吹过树梢
我滑过街角

那叶子早已干枯
却仍不肯失去绿色
却仍骄傲地停留在枝头

缘何
你如此执着

不知这人生如戏
还是戏如人生

TIP OF THE ICEBERG 2017

TIP OF
THE
ICEBERG

2017

| 11月21日 | 最后一片叶落 |

我宁愿燃尽自己所有的血液

也要在暗夜中点染一缕光明

树叶即将失去最后一片寄托

也要让这希望成为新的洒脱

温润的微笑也许不那么真诚

但足以温暖整个世界的凉寒

我在这里

冥王在我的面前

他说能看见我心中所想

"那你说说看"

"杀了我，或是——成为我"他说，"我也是这么想的"

TIP OF
THE
ICEBERG

2017

巨大的棋盘上
只是在天元处有一颗棋子
那是我

在高尚的人格面前
显得如此丑陋
却恬不知耻地
嘲弄别人微笑的丑陋

我不知道
我的生命在为谁而舞
我不知道
能否迎来生命的春天

11 月 29 日 │ 洁白的绒毛

今天的我

活在昨天的记忆当中

所谓青春

不过是一场赌博

无论输赢都会失去筹码的赌博

可是与我而言

没有选择

甚或没有时间犹豫和退缩

就

义无反顾地扑向生命的怀抱

一根洁白的绒毛

飘到我的面前

比冬日里的雪花还要纯洁

TIP OF THE ICEBERG

2017

| 11月30日 | 地瓜 |

我是不是很傻

留了个肚子吃地瓜

我是不是很傻

只是为了家的感觉

儿时的我

和父母欢笑在桌子面前

饭菜的热气在不断扩散

电视机里面也传来欢笑

一家人其乐融融

后来

我逐渐长大

像一只雏鸟

试图飞离

却像一个风筝一样

被家的风筝线牵绊

也许只是一块地瓜
也许只是一碗韭菜鸡蛋汤
却足以勾起对家的记忆

我是不是很傻
在暗夜的星空下
咀嚼着自己的回忆
我是不是很傻
即使对眼前的人
也觉得
像隔了一个地球那样遥远
我是不是很傻
甚至忘记自己的名字
只记得有一份对家的依恋
只记得要留一颗心
给一个独立的人

TIP OF
THE
ICEBERG

2017

12月01日 | **从未得到无谓失去**

他的半颗良心告诉他

朋友

又少了一个

他说他无所谓

他说他从没有得到无所谓失去

可是却掩饰不掉

内心的波澜

仿佛在异世界中

擦肩而过

不曾相识

他曾经的心路历程

用自己的泪水

化作汪洋大海

自己像一叶扁舟

像一片无助的叶子

伴随着汹涌的波涛

上下沉沦着

他的思想宫殿

依旧富丽堂皇

只是蛀满了白蚁

可是一切

业已回不去了

我活着的真实

不过是他的梦境

那么我的梦境

又会是谁的真实

或许

真实地生活在我梦境中的人

什么都没有做错

却同样什么都得不到

我只是会说

全力以赴和全身而退同样艰难

镜花水月

依旧是镜花水月

他看着眼前的美好

看着眼前的美好

甚至

有时会忘记

眼前的玻璃墙

如此纯洁

以至于看上一眼都会觉得是在伤害

我情愿为之去死

即使不能再次为其活过来

如此纯洁

以至于任何一点赞美都像是在伤害

我想要去爱

却无法摆脱内心的自卑

我可能无法走向与自己的和解

千百年的悲戚寂寥

化作从树的年轮中传来的

幽怨的笛声

而我

可能把语言当作了发泄的工具

诗人都是骗子

首先欺骗的是自己的感情

自从落笔的那一刻

便注定要把不能言语的感情

扭曲起来

强行用文字表达出来

总有一天也会被语言背叛吧

TIP OF THE ICEBERG
2017

12 月 01 日
语言的背叛

TIP OF THE ICEBERG

2017

12月02日
内心的城

渐忽忘记青春是一首诗

只是变得市侩

内心成为了一座城

成为了一座偌大的迷宫

连自己都会迷路的迷宫

身体在城里

心却停留在外面

身体想看外面的世界

心却想窥探城内的风景

我在流泪

却不知道为什么流泪

或许是为了自己，或许不是

我在流泪

却不知道

这无色的液体里面是否有感情

一颗颗泪珠顺着脸颊流下

狠狠地砸下来

就在这黎明的早上

就在这熟悉的异乡

TIP OF
THE
ICEBERG

2017

12 月 03 日 ｜ 旅顺的爬山虎

我记得生命中曾经有过回眸
却无法在记忆的海洋里找到
掉落的那颗银针

记忆就像是旅顺的爬山虎一样
紧紧地贴在墙上
即使生命抵达了休止符
也会令我无处躲藏和掩埋

我站在这个诸神隐退的世
就是作为一个末世的凡鸟
眼前如此荒凉
我不知道
过不去的是不是自己

我就像是一个球状闪电
幸而有时会知道自己的存在

12月05日 │ 把阳光种在我心里的人

那个把阳光种在我心里的人

也许很难再次相见了吧

一轮圆月

明晃晃地站在那里

我甚至有些畏惧

眼前的美

和天上的月

都是我看得透

却走不进的世界

背后响起的是暗夜的镇魂曲
我在记忆中寻找童年的回忆
那是在一呼一吸中跳动的心
那是看似清浅实则深厚的溪

隔着一层薄薄的宣纸临摹着
所谓童年的所谓种种的游戏

上下跳动轻快灵活的是皮筋
冻得发红的手中是冬季的雪
骑自行车的我在和阳光赛跑
抑或在夜空看窃窃私语的月

我无数次为春天痛苦地呼吸
无数次在自己的欢笑中迷离

我不知道镜子中的自己
到底是不是自己的伪装
只是在音乐中迷失自己
天真地想用过去的美好
掩盖此刻的伤疤和不安
可是一切业已物是人非
然后……就没有然后了

TIP OF
THE
ICEBERG
2017

12 月 07 日
所谓童年

TIP OF THE ICEBERG

2017

| 12月07日 | 冻了一半的人工湖 |

巴掌大的人工湖

一半是流动的水

一半是沉睡的水

一半幽咽

一半灵动

冰水交界的下面

是一群优哉游哉的金色的鱼

和看他们的人一样

向往光明和温暖

可是

我向往的光明在哪里呢

TIP OF
THE
ICEBERG

2017

| 12 月 09 日 | 梦魇 |

流浪，放逐，旋转

大概飘零得久了

内心像一座城堡

像一座只囚禁自己的牢笼

没有温度，没有阳光，没有声音

然后是无明的火

炽烈地燃烧眼前的所有

而我却感受不到热

我甚至没有想到逃避

眼睁睁地看着一切燃烧起来

我看到被火光搅扰的世界渐渐明晰起来

却只剩下了疮痍破败

巨大黝黑的柱子上仿佛有字迹

当我试图触及那被大火饶恕的字迹

却发现那仅有的废墟也烟消云散

面前是沙滩和大海

还有大海在天空中的倒影

我在沙滩上写着回忆的影像

却一次次被浪潮卷走

我走向大海

走向大海的深处

这大海

居然是温暖的

温暖得有些炽热

我漂浮在海面上

目之所及是荒凉的蔚蓝

我想到了

这里是我的泪水汇聚的

我感受不到海水的味道

嗓子却嘶哑起来

我看到天空中有几朵云

云上隐约可见的是宫殿

我却无助地沉到海底

海底下面好像也是一座宫殿

巨大的痛苦伴随着我

迎来了新的一天

太阳还未升起

而我

锁骨下的心跳连着肺

生疼

TIP OF

THE

ICEBERG

2017

12 月 11 日 ｜ 洁白的雪冷落了岁月

洁白的雪冷落了岁月

12 月 13 日 ｜ 爱最初的地方

TIP OF

THE

ICEBERG

2017

人生的琐屑

堆积成了温厚

繁华落尽

又是一场

不能治愈的

支离破碎的梦

他的眼睛又一次

热了起来

眼泪没有流出来

而是流回了心里

那个他以为的

爱最初的地方

我从这个人的身边走过
只为了前世没有结束的告别

在记忆的角落
杂乱地摆设着
自己也看不懂的物什
或是一只玩具小船
或是一个被压扁的棉花糖
或者是歪歪斜斜写着的笔记

TIP OF THE ICEBERG

2017

12 月 14 日
记忆的裂隙

自行车在桥上行走
大雨在下
桥上的铁链在嘶嘶作响
疲惫的喘息声拉着我走遍熟悉的街道

我捡起这个人的回忆
透过太阳
在枯萎中觅得一丝绿意
悠长悠长的呼唤
从莫名的地方传来
如此熟悉
而陌生

他的记忆被摔碎了
从那月亮的伤口处流淌
从云端到心府
浸润蔓延着
在它可能抵达的所有地方

寒意袭来
我也该走了
恕不奉陪了

撑起一把伞

听那雪花亲吻伞布的声音

这雪花竟如此纯洁

纯洁得不能放在手心

纯洁得不能给它以温暖

否则淡淡的雪花就会

融化在手心里

成为身体的一部分

过期的承诺

成为谎言

就像是九连环一样

看似连接在一起

最终还是会分离的

心里面

工工整整地写着两封信

一封写给自己

一封写给黑夜

写给自己的那封

落款是月

寄托着古人的哀思

写给黑夜的那封

落款是我

跨过时间的长河

送给未知的神秘

TIP OF

THE

ICEBERG

2017

12 月 16 日
———————
两封信

TIP OF
THE
ICEBERG
2017

| 12 月 19 日 | 向往光明 |

暗夜也许不需要太阳

但需要向往光明的心

此时

对家的思念还未褪色

此时

炽热的鲜血还在沸腾

此时

青春的乐章还在持续

而在这之前

尽管付出了那么多

只是为了

在和所有人别离的时候

少一点感伤

仅此而已

TIP OF
THE
ICEBERG

2017

| 12月20日 | 喧嚣也是孤独 |

夕阳温婉地

送来晚霞特有的柔美

抚慰着一切

一股暖流从耳朵

闯了进来

"……最为重要的，就是态度……"

这喧嚣过于孤独

就像这孤独过于喧嚣一样

神游物外的我有些恍惚

TIP OF
THE
ICEBERG

2017

---

12 月 22 日 ｜ 风的嘲笑

此时此刻的所有付出和苦难都将化为乌有
取而代之的是没有痛觉的所谓美好的回忆
每时每刻新生的自己都在取代旧有的自己
意兴与灯火一同走向阑珊的归途
心境和尘埃也将归于无言的沉寂

那风
带着海水的味道
轻轻地诉说
那前世的故事
那既不属于我的故事
也属于我自己的故事
那风
带着云朵的召唤
柔柔地倾诉
那不愿面对的故事

那不得不去面对的故事

那风

带着自身的桀骜

无耻地嘲笑着

一无所有的我

嘲笑没有爱的我

那风

带着自身的桀骜

无耻的桀骜

无耻地嘲笑着

一无所有的风本身

嘲笑没有任何感情的风自己

那风

也被我无耻地嘲笑着

我嘲笑这风

嘲笑着带有阳光的祝福的风

嘲笑着带有云朵的祝福的风

嘲笑着带有海水的祝福的风

嘲笑着和我一样值得嘲笑的风

嘲笑着匆匆而逝的和我一样的风

嘲笑着不知所以的风

嘲笑着，揶揄着

直到忘记了为了什么

却又升腾起一种莫名的悲哀和艳羡

TIP OF
THE
ICEBERG

2017

| 12月27日 | 回忆的门 |

时光从鱼鳞状的云朵中穿梭

时光抚摸燕子剪刀似的尾巴

时光穿风沐雪款款而来

从白天走向黑夜

从花开走向叶落

终于在一扇瑟瑟发抖的门前停下

屏住呼吸

静静地等待

门后

是瑟瑟发抖的我

无所适从

TIP OF

THE

ICEBERG

2017

12 月 30 日 | 不是那些自以为的是

你相信自己的内心吗
你想做一个怎样的人

你想要的到底是什么
不是那些自以为的是

01月09日 ｜ 无力偿还的温柔

小心翼翼地在记忆中

寻找

那一片

无力偿还的温柔

小心翼翼地驱逐

那些

不速之客

一个又一个

包括自己

TIP OF THE ICEBERG 2018

01月14日 ｜ 积雪

TIP OF THE ICEBERG 2018

思念裹挟着风

寂寞皴染着积雪

我伫立在世界的尽头

世界的尽头是一座荒芜的山丘

颓圮的肌肤上

散落着

云朵的影子

悠闲地游弋着

我在这里

觉昨是而今非

TIP OF THE ICEBERG 2018

03月04日 ｜ 孤独的夜空

这里的夜空孤独而忧郁

看不到一颗星星闪烁

风还是肆意地刮着

不带有一丝倦意

我不再是昨天的自己

偌大的城

撑不下小小的心

斑斓和迷离化作船和桨

渡着那有缘人

去往彼岸

那里也有花开和日落

风

吹着马儿的唇前往天际

我

在 11 教外的路灯下

路灯的光直直地照着心底

心底一无所有

身后是那个一直逃避和追随的影子

夜静悄悄地

恐怕只有这无声的韵律

才能奏出暗夜的歌曲

天上孤零零地燃着一盏星星

春天

春天说要从我的脚下生长出来

我还在为这春天痛苦地呼吸

我不知道

这流逝的指隙间

还有几个春天

还有几个自我

或许有十个

因为我的手指有十个

TIP OF

THE

ICEBERG

2018

03 月 07 日

我为这春天痛苦地呼吸

03 月 07 日 ｜ 命运的嫉妒

我有梦想

我有坚持

我也有命运的嫉妒

03 月 09 日 ｜ 浑浑噩噩的猫

柔软的心在刀刃上行走得久了

也会时常失去自己的梦想

我付出过

我享受过

却很少有一个满意的结局

我是谁

不过是一只猫

和这夜空一样孤独

可是这夜空也有月亮和星辰的点缀

我不想活在谎言编织的世界里

那样的话我会溺死

尽管我别无选择

在痛斥人性的贪婪和自私的同时

和镜子中的自己越来越陌生

浑浑噩噩的夜

浸染了浑浑噩噩的我

我曾看过、听过，也写过很多故事

然而都只是一种种可能性而已

在寻求答案的过程中

无数次去问别人

无数次扪心去问

又一次次得不到答案

悻悻地受到来自周围的奚落

为什么

我曾写过诗歌

我曾看过大海

无数次在千篇一律的故事中徘徊

我想成为桀骜的鸷鸟

我想过用画笔勾勒世界的轮廓

然而

在这里

每一根脆弱的神经都被无情地挑断

我开始怀疑

怀疑这天空和飞鸟

我不知道

笔下的那种爱到底是什么滋味

我只有半颗良心

抱残守缺的我大概没什么可以失去

眼前是重复的故事

只是故事的主角换了一茬又一茬

我早已厌倦

TIP OF THE ICEBERG 2018

03 月 12 日
飞鸟

厌倦这无聊

厌倦我自己

我走过大街小巷

体会着那种熟悉的陌生感觉

我看过别人讲过许许多多的大道理

只是为了自己微不足道的私欲

我看过别人立下壮志豪言

却只是想做一个平庸的人

我看过别人无数次要从明天好好努力

却只是一事无成

这柔软的心有时那么坚强

有时那么倔强

有时那么偏执

我经历过炽烈

却走向了平淡

我看到了信誓旦旦

却得到了背叛

我无意争辩

也无力抗争

TIP OF THE ICEBERG 2018

03 月 14 日 ｜ 春天来了

春天来了

又是一个"草色遥看近却无"的时节

野草在整个世界和心底疯长

鸟儿在忙碌地筑窝

柳树的枝条也泛出鹅黄

水中欢脱地游弋着各色的鱼

红的 白的 黑的

还有红白相间的

太阳软软地照在窗帘上

窗帘上是鸟儿伶俐跳动的倒影

却没有发出声音

大概是怕打扰到教室里面的学生吧

春天来了

尽管我还没有从冬天里走出来

03 月 27 日 ｜ 樱花

任樱花朵朵随风飞

谁解其中味

那大概是前世的记忆

透过这还未消散的雾

氤氲在苍老泛黄的纸上

我孤单伫立

默默守候

TIP OF THE ICEBERG 2018

04 月 05 日 ｜ 痛

前所未有的痛恸

似曾相识的故事

静静地坐在那里

然而在我滚烫的眼眶中

流淌着的竟是

陌生人的冰冷的泪水

TIP OF THE ICEBERG 2018

这不是霰

是四月的忧伤

卷席着热泪的滚烫

还有思乡的凄凉

撑起一把伞

还有一片天

看那风雪掠过最动人的凉寒

颙望那一片落叶

落在迎寒开放的小花上

感喟这故事

还有一身的彷徨

只得哀婉地

在指隙间流连

浅浅的粉红色

是早春的花朵

逡巡着

点缀着荒芜的世

我收拾好自己的心情

和伪装

向着未知的神秘

摇摇晃晃地走着

TIP OF

THE

ICEBERG

2018

04 月 06 日
四月的忧伤

04 月 13 日 │ 春天的鸟

天空似乎是很忧郁

上下的牙齿打着颤

时而有风从中流淌

时光如流水般倾泻

我在这个陌生城市

柳树的发际织成瀑布

我就茫然地站在那里

静静地

嗅吸着柳树的新绿

像抚摸一只蓬松的猫一样

抚摸着柳条的馨香

我安安静静地

望着

望着远方

远方没有诗歌

远方没有流浪

或许

有海鸥的歌声

或许

有一颗温暖的心

所有会发光的东西啊

火柴也好

蜡烛也好

太阳也罢

都会陨灭的啊

我数着身边经过的每一棵银杏树

有时会把自己小小的身躯

钻进银杏瘦削的树干中

春天

如梦一般流浪

一只鸟在早春的野地里

和我一样

或是在寻找些什么

或是在掩埋些什么

TIP OF
THE
ICEBERG
2018

昨天和今天不再是一场梦的距离

风中夹杂着湿润的气息

洇湿了青苔

染绿了树枝

轻轻地柔柔地抚摸

白里透着粉红的花瓣

我望着望着

从前世等到现在

仿佛在哪里相爱过

忽然间又变得陌生

我遥望远方

风在那里盘旋

风在那里驻足

远处是蓊郁的山

渐渐在眼帘中清晰起来

我只觉得和这山如此遥远

却与大海离得很近

TIP OF

THE

ICEBERG

2018

天上有一只金黄色的鸟飞过

地上也有一树黄花开得鲜艳

竟没有一瓣落在地上

那些鸟的尾巴

剪掉了

春天和这里的最后一丝联系

我手中握着的答案

终究还是否定的

我希望有所改变

尽管我知道这几乎不可能

我

只是一味地等待

心中的火焰燃烧殆尽

午后的阳光却充满温情

一朵花仰着头望着天空
下面是浅粉红色
上面是洁白的颜色
像一幅写意的山水画

风
夹杂着海水的味道
将路人拥入怀中

我在这里
我的影子也在这里
可是
只有
我在这里
只有
我的影子在这里

TIP OF
THE
ICEBERG
2018

04月18日 │ 清晨的告别

晨光熹微

三分入梦

风

吹散了枝头的破败

黯淡了岁月

抑或是阳光

我

悄无声息地

从他们的世界边缘走过

TIP OF
THE
ICEBERG
2018

04 月 18 日 ｜ 湖边枯树

一棵枯萎的树

永远地离开了这个春天

有洁白的花瓣

安详地躺在地上

我拾起这一片痛残

面对着它小小的身躯

内心一阵绞痛

夕阳最后一抹余晖

点染了枝头上粉红色的花朵

一只鸟

独栖高枝

独望天涯

春天啊

缘何你变成了我不认识的模样

TIP OF THE ICEBERG

2018

| 04 月 20 日 | 谷雨来了 |

我从镜子中抽出时间的丝线

透明中带有些许白色

更多漂亮的花开了

毫不掩饰地散发着花香

或许在某个角落

会有那么一个人

情不自禁地爱上这个季节

04 月 20 日 ｜ 荷包饭

那是我在这个校园中所有记忆的起点

热气腾腾

和那年多雾的天气差不多

外面是荷叶

我依稀还记得

我坐在那里

还有些拘谨

身边的人走来走去

或是说说笑笑

或是三言两语

或是无声无息

我闻到了一丝人情的味道

大概来自那些亲切的话语

大概来自那些爽朗的微笑

或许

只是我在炼狱中的空想

我吃到了家的味道

那时

正是因为无助

才更需要坚强

我不知哭了多少次

不知自己是在谁的梦境中

只是一顿饭

将自己从混沌中拉出来

芜杂的心才有些许喘息

或许

这个人的存在

对我来说

本身就是一首温暖的歌

害怕失去

便从未拥有

试图挽留

却无能为力

只是心中一阵阵愧疚

一只猫

围绕着一只盒子

盒子里面有一句话

一句令人涕泗横流的话

"对不起，我没有走进过你的童年"

我从座位起身

咀嚼着故乡的余味

有恃无恐地

逃离

TIP OF
THE
ICEBERG
2018

04 月 21 日 ｜ 葬花人

一路披肝沥胆的我
在喧嚣过尽的寂静中
只是后知后觉地
才知道很多事情

春天消散了它的容颜
梦的尽头是落花点点

我不知道自己会怎样
命运啊
为何这样嫉妒我啊

笔下的一朵小花
开出了生命的颜色
可我
从来不是那个
自作多情的葬花人

微雨

太阳

还在睡回笼觉

从海上吹来了和风

带着大海的祝福和体温

温婉的春雨

轻轻柔柔地抚摸

这片深爱着的土地

唤醒了山川

唤醒了丘陵

唤醒了平原

野草探头探脑地

钻了出来

花骨朵有些羞涩

微微绽开

树木伸展了腰肢

打着呵欠

我穿梭在清晨的大街上

路边玻璃上映着我的影子

一个

不知道是否还在为春天痛苦呼吸的人

TIP OF

THE

ICEBERG

2018

04 月 22 日

野草

04 月 22 日 ｜ 雨后新叶

新绿的叶子
上面有雨滴
圆润润地躺在那里
闪烁着
如梦似幻的柔情

远处的风景
白色的花也好
绿色的叶也好
在雨的滋润下
都越来越清晰
可是
我对这里的记忆
却
越来越模糊

漫长的等待过后
泪水和感动
姗姗来迟

TIP OF THE ICEBERG
2018

04 月 23 日 | 春雨之后

春雨荡涤之后
眼前的景色更加清爽
远处的山川丘陵层层设色
还有几只零星的鸟
用尾巴
把大海和天空连成一片

近处的花瓣愈发明艳
野花残存着微凉的泪水
一只鸟在雨后的草地上
小心翼翼地踱着步
生怕污染了自己的脚掌

我只是路过
尽管
灵魂总是试图从躯壳中逃逸

整个空气都在燃烧

花朵们都争吵不休

那些取悦人们的花瓣

终因自己的炽热而灼伤

那些花太过妖冶

味道也太过浓郁

春天

和那些花朵一并谢了

然而

一旦赋予感情

同样的世界便是不同的活法

心中的冰川一旦融化

便会成为浩瀚的大海

春天

也会在不知不觉中离逝

没有永不凋谢的花朵

没有永不散场的宴席

同样

没有一场梦没有尽头

然而

一旦赋予感情

便有了美

便有了定格

便有了永恒

TIP OF THE ICEBERG 2018

04 月 25 日
春天的花谢了

TIP OF
THE
ICEBERG
2018

眼前的美好大多易逝

往往只能退而求其次

而此时此刻的我

只能活在所谓当下

活在

前人的回忆中

直到

不知为谁而流的

最后一滴眼泪

流尽

未来渺茫而未知

却正是因为这种未知

才有了更多的可能

才有了更多的乐趣

04 月 30 日 ｜ 雨后

雨水亲吻后的花瓣

在地上

散落成小径

憔悴不堪

还有随风飘落的

粉色的花朵

像哭花的脸

路边

银杏树长出鹅黄的嫩叶

地上

稀疏地点缀着青苔

我

静静地倾听水流的声音

倾听时间静静地流泻

TIP OF THE ICEBERG 2018

05 月 01 日 ｜ 呼吸

心中的恬淡远离喧嚣

天空在呼吸

大地在呼吸

树木花草都在呼吸

从心底涌起的温馨和热流

在空气中流淌

岁月抚平的水面

又被微风搅扰

我的心阵阵绞痛

静谧之中

一只鸟矫捷地飞过

TIP OF
THE
ICEBERG
2018

---

05 月 02 日 | 记忆

记忆的残垣断壁

是时间的裂隙

更是汩汩流血的

心灵的伤口

纵横千里的孤愤

无法愈合的伤疤

半颗良心渴望着另一半

湿润的空气中

我努力地压抑着

所谓的大学回忆

TIP OF THE ICEBERG

2018

| 05 月 05 日 | 立夏 |

立夏
花朵酝酿着
最后的视觉盛宴
天空也在酝酿着
下一场哭泣

所不同的
落花的破败在枝头
我的
在心头

花还会开
却不会是眼前的这朵
我还会遇见更多的人
却不会是
现在眼前所珍惜的这些人

TIP OF THE ICEBERG 2018

05 月 08 日 | 夏天来了

春天还来不及挽留
夏天便款款而来
眼前虽然花繁柳盛
心中却并无一根杂草

我
和风一样
在时间的长河里
缓缓流淌

颙望着天空
不见一片云彩

走在树木的阴影下
看不到
自己应有的
小小的影子

05 月 15 日 ｜ 夜的心跳

风还在吹
却不再是春的体温
我静静地倾听
夜的心跳

*TIP OF
THE
ICEBERG
2018*

05 月 30 日 ｜ 写给夏天的情书

*TIP OF
THE
ICEBERG
2018*

那些被风吹到天空的花朵
是这大树写给夏天的情书
斑驳着眼前见证过的记忆
岁月啊
你可曾忘记经历过的风雨

想佳人
遗世而独立
竟不知
误几许
一树槐花香

TIP OF THE ICEBERG 2018

06月03日 ｜ 相片

就像一只迅捷而伶俐的鸟
为这深邃的美丽深深折服
在茫然的天空和大地之间
时常被不知名的花草包围
或是身处一团暖流的中央
静静地看着
时间在一张张照片中流淌
抑或者是试图忘却些什么
那些笑颜化成爽朗的歌声
在耳畔流淌

TIP OF
THE
ICEBERG
2018

06月05日 ｜ 半颗良心

无数次期待自我的回归

这感情

时而像倾盆的大雨

一泄如注

却无时不在期待下一次感动

渴求下一次相逢和动容

心中又残存着隐隐的不安

只是这眼泪

从温热走向寒凉

半颗良心

渴望着不属于我的爱情

我

是夜的心脏

在不停地跳动着

TIP OF THE ICEBERG

2018

06 月 08 日 ｜ 真性情

很久没有看到过"真性情"这三个字了

大概是长久以来

一直觉得

自己和这个词是无缘的

便在不知不觉间

忘记了向往和追求

忘记了柔软和深沉

只记得孱弱和悲哀

或许就是

迷失了

另一个世界的自我

TIP OF
THE
ICEBERG
2018

---

06 月 09 日 | 舍弃

我是这浮世里的一粒尘埃

偶尔卷起

只是从没有人注意

曾经的我想成为

她的

下一滴眼泪

现在的我

也是这样认为

在浮躁的内心中

是否还会舍弃那些

曾经的曾经

我一次又一次地

踌躇

一次又一次地

哀叹

一次又一次地

痛苦和迷离

TIP OF THE ICEBERG 2018

06 月 10 日 ｜ 雕刻回忆

大海像一个雕刻家

在我的骨殖上刻画

或者我以生命为笔

在大海的帆布上篆刻

海边的浪花轻微地起伏

静静地回复着我的诉说

那些只能对着大海说的话

大海

像熟悉的陌生人

更像初见的老友

那或许是最遥远的知己

最亲近的神秘

那些海鸥在远方或是在头顶上

盘旋着、游弋着

那叫声像孩子一样

如诉如泣

岸边的石子路肆意地延伸着

岸上的草木青翠，山势峥嵘

岩石也都显露出清晰的纹理

我决定放空自己

在这个偶然的散步中

天空

开始下些小雨

继而渐渐停止哭泣

我的鞋子

流进了温润的海水和细腻的沙石

脚印在柔软的沙土上留下一串回忆

或迟或早都会消失的回忆

恐怕只有在这里

灵魂才会有些许喘息

我

才开始知道

知道却放不下的不易

恐怕对妄弃的执着也是一种执着吧

我

身处光明

却看不到前行的路

TIP OF THE ICEBERG 2018

06 月 15 日 ｜ 凝望远方

我凝望远方

远方没有重逢

无法阻止的

浅蓝色的记忆

呼啸而来

历经坎坷

颠扑不破的是

那颗未泯的

良心

涕泗横流

再回不到

当初的起点

那颗初心还在鲜活跳动的

起点

TIP OF THE ICEBERG

2018

我守着一颗残梦

仿佛历尽了九生九世

相逢

却只为一句别离

人生的路口

最后一次相逢

心中

虽然有似曾相识的感动

却再没有自己的眼泪

同样的命运

却不能救赎

我当过所有的角色

这次

只是一个倾听者

如此卑微

昨天的自己早已陌生

缱绻的思绪

来自海边的一点浮萍

我从他们的世界走过

却最终没能成为他们的朋友

我是夜的心脏

依旧不休不止地跳动

摒弃了记忆之后

大脑和心中

只剩下

蝉翼一般的柔情

TIP OF
THE
ICEBERG
2018

06 月 20 日
我的世界空空如也

大雾弥散之下

我的世界空空如也

只有月光

倾泻着哀婉的彷徨

却被橘黄色的雾气吞噬

那些曾经给我感动的人啊

那个再也回不去的自己啊

我要这浮生有何用

TIP OF THE ICEBERG

2018

07 月 03 日 | **内心是一座空城**

内心是一座空城

月亮在孤独地奔跑

那种感觉

就像写了一部小说

却无法给任何人看一样

白昼是我的影子

而我又是黑夜的影子

TIP OF
THE
ICEBERG
2018

07月08日 ｜ 寝室的楼道

整个楼层只有他手上钥匙的声音

然后是他的脚步声

他回头茫然地看着

阳光缓缓地在地板上拖着柔软的影子

鸟儿像一把锋利的匕首

只是划过却没能撕裂天际

昨天的自己

就像这即将剥落的树皮一样

命运苍茫而悲怆

可是心里

早已被大火燃烧殆尽

只有

生命之花在天空的泪水中

欣然绽放

TIP OF THE ICEBERG 2018

07 月 09 日 | 雨停

天空和绿色的树木模糊了起来

我也要融化进这自然里

在这陌生的异域

偶遇久违的熟悉

天空

停止了垂泣

不幸的人

沦落在浪漫的季节里

有始无终的故事

深深地投掷到一个正在消散的坚毅的面容中

07 月 19 日 | 流淌的诗歌

孤独的浮华在风中流淌

一朵枯萎的花

再也不能继续从前的美丽

选择的堡垒崩塌为现实

纠结的是自己的遗憾

再没有等待

因为再见只是尴尬

熟悉的诗歌从心中流淌出来

纵横恣肆着

没有自己的方向

TIP OF
THE
ICEBERG
2018

07 月 22 日 | 初心

TIP OF
THE
ICEBERG
2018

语言残存的温度

幻化成一纸故事的柔情

剩下的一段破败的心

不甘于被渺茫的空白填满

呆呆地在伤感的地方寻找希望

那颗初心

尽管无数次被遗忘在白色的沙滩上

却依旧在遍体鳞伤的躯壳下

充满活力地跳动着

07 月 24 日 ｜ 没有翅膀的鸟

他用一张纸

折成爱的形状

包裹住整个世界

让生命从中孕育出来

天边的云朵像海水的浪花

一卷卷向前翻滚

等待被陌生人亲吻

天空

飞过一只没有翅膀的鸟

穿过沙滩和希望

我收起魔法的笔记

这一切的所谓现实被尘封起来

我想我该走了

一棵长在水边的树
落尽了所有的叶子

那些树叶不肯褪去生命的绿色
执着地浮在水面上

水面上漂浮着的树叶
聚集在树的影子上
树的影子懒洋洋地躺在水中

太阳的余晖显现出血红
打在这荒芜的寥落上

一群忙碌的蜻蜓在空中飞舞
来不及看天空的倒影

我用橡皮试图擦掉一行字
——"对不起，我曾经是他"

一只鸟安安静静地伫立在空中
那里没有高枝
那里没有天涯

TIP OF
THE
ICEBERG
2018

07 月 26 日
长在水边的树

TIP OF
THE
ICEBERG
2018

07 月 28 日 | 无处安放的心

我没有走过这个人的童年

不过是在人生的岔道上偶遇

然后永别

心中的那份空白

正是为这个人而留

恐怕再也不能够被填满

明明知道不会发生奇迹

我还是在等

在那个记忆的起点

一无所有的是我

一颗无处安放的心

历死而生

TIP OF
THE
ICEBERG
2018

07 月 31 日 ｜ 炎热的夏日

在这看似不堪一击的皮囊下

是一颗多么坚韧的高贵魂灵

尽管

真相和谎言早已灰飞烟灭

面对着浮躁的世

不由自主的一滴眼泪

重重地摔下来

太阳把空气炙烤得像玻璃一样

如果说这炽热是太阳的仇恨

却远不及我心中的一半

我在宁静的芜杂和喧嚷中再次寻找安宁

08 月 06 日 ｜ 七月流火

看似不知不觉地遗忘

其实是迫不得已的撕心裂肺

在这七月流火

我也走向寒凉

带着半首熊熊燃烧的短诗

我是谁

我的小小的影子

借着月光的一点仁慈

从暗夜中走了出来

TIP OF THE ICEBERG 2018

08 月 07 日 ｜ 静待一场雷雨

践踏着荣耀

奔向更加遥远的地方

那里的自己

也会经历生和死

静待一场雷雨

灌溉贫瘠的心田

天空

阴沉沉的

大概也是头痛欲裂

TIP OF THE ICEBERG 2018

TIP OF
THE
ICEBERG
2018

08 月 15 日 │ 湖边看晚霞

一滴水

滴落在平静的湖面上

然后义无反顾地沉下去

穿过悠悠的幻境

悄无声息

不留痕迹

这滴水

从酷热走向温暖

赤条条的没有牵挂

我面向西方的傍晚

记忆中的晚霞

穿过时空

照在我的身上

TIP OF
THE
ICEBERG
2018

08 月 23 日 ｜ 沉浮进退，皆为虚妄

本以为会是澄澈的湖

却如此浑浊

水面上有一株荷花

花瓣上沾有水滴

仿佛荷花是在哭泣

或许是为了陌生人

或许是为了自己

那是含着泪的驱逐

太阳的鲜血洒满了晚霞

怜悯着一无所有的我

我是一片行将枯萎的红色花瓣

安安静静地躺在黄绿色的草地上

TIP OF THE ICEBERG

2018

对自己的嘲笑

或许只是看起来的

有恃无恐

任由这荒诞不经的幻想淹没自己

对着同样戴着面具含泪微笑的自己

无可奈何

忧郁的天空中终于投射出一道阳光

刺眼的阳光

我曾经无数次追逐着的阳光

迟来的阳光

TIP OF THE ICEBERG

2018

我在记忆中搜寻不到
可以沉湎的美好回忆
我依然是昨天的自己
同样
也不再是昨天的自己

这浮光掠影
时光再也不能打破
宁静的河面
也由同样宁静的心来守护
天空中的云朵在漂泊
和我一样的漂泊

TIP OF
THE
ICEBERG
2018

08月30日 │ 交换

我也终将会面临属于自己的

爱与孤单

深刻而悠远

温馨而沉寂

如果有来世

就用今生的回眸相见

换那一世的情缘吧

而今世

再刻骨铭心的感动

也让它灰飞烟灭吧

而这一切的一切又将如何呢

08月30日 │ 蒲公英

蒲公英的孢子

在温柔地旋转、飘摇

雪白而轻盈

柔弱的心

在丛生的杂草上走向成熟

然后逃离到遥不可及的地方

这炎热的夏

也将盛极而衰

站在风口浪尖的是我

眼睁睁地看着朋友的离逝

无可奈何

直到麻木

在一块失去棱角的鹅卵石上

记录着这幻境的生死哀荣

从放肆年华到被命运放逐

树的斑驳承载着过往的回忆

夜，如此妖娆惑人的夜

美得摄人心魄

一把伞

一盏路灯

一个异乡人

雨丝在抚慰着暗夜下的寂寥

我看不到这雨丝

只是听到雨丝落在雨伞上的声音

一种不能自已的落寞

一种无法名状的伤怀

像是熟悉的旧友

毫不客气地拿走了我的影子和灵魂

路灯的光

也因为透过雨伞变得光怪陆离

就像是一场凄美的梦

在幻想中迷离

我便是其中不饮自醉

　不愿苏醒的梦中人

即使明知是自欺欺人

　也同样甘之如饴

　继续活在被幻想编织的梦境中

　不能自拔

TIP OF
THE
ICEBERG
2018

08 月 31 日
丝雨之下

不希望无意义地等待

不奢求牵强的缘分

不再固执自己曾经坚信的事实

即使那样会成为最厌恶的自己

面前的岔道

通往不同的命运

或许选择了最孤独的一条

在路上遇到最美的风景

然后忘却

风轻云淡地走过

或许选择了最痛苦的一条

在路上历尽感动和喜悦

然后忘却

义无反顾地走过

或许所有的选择都一般无二

在经历过百般滋味之后

然后忘却

只剩下一颗空空如也的心

曾经以为的温厚

 不过是自欺欺人的谎言

加上岁月的煎熬

我在这里

将温暖的故事和感情打成蝴蝶结

TIP OF
THE
ICEBERG
2018

09 月 01 日
选择

TIP OF THE ICEBERG

2018

09月02日 | 缘分的扁舟

这缘分不可思议

但又何其残忍

心中激荡起细碎的浪花

一幕幕

惊鸿一瞥的感慨和关爱

不断地通往

一个被忽略的悲惨结局

请原谅我的脆弱和改变

我坐在一叶小舟上

摆渡在彼此世界的交集

水面上划过

转逝而过的叹息

09 月 02 日 │ 流着眼泪的佛像

心中是一尊流着眼泪的佛像

　我就像是在完成一个任务一样

等待着

这气氛如此沉闷

我看不到雨水落地

天空仿佛要诉说些什么

却将那些话语编织成

谜一样诡谲多变的云

那只猫死了很多次也重生了很多次

它的目光依旧狡黠

就像看得到却触及不到的云朵

它的泪曾经汇聚成河

如今不知流向何处

或许成为天空的泪水

落在某个陌生人的身上

或者是落在某一片梧桐树叶上

TIP OF THE ICEBERG

2018

09 月 03 日

相识于人间烈火

人世间的大悲大喜

终究归于平淡

不再有那份明知不会原谅还要说的对不起

不再有那份明知偿还不了还要记住的感谢

心中的字典在炽烈地燃烧

你我曾相识于人间烈火

这是一场无言的告别

故事里面不再有我

作为陌生人的我

作为背景的我

一种被泪水灌溉着的情愫

化作五彩的光芒

在诗意的夜空跳着华尔兹

那是命运的馈遗

源于感动终于慰藉

命运的歌

因为人世间的五味杂陈

而变得温暖

那或许只是浮光掠影

以一种不能控制的发展

为了在命运之名下的邂逅

TIP OF
THE
ICEBERG
2018

| 09 月 04 日 | 赎罪 |

一场淅沥的雨屏住了呼吸

一个满是陌生人的避风港

充斥着断了线的感情

我因为一次的错过

陷入到了无穷无尽的荒流

我放弃过所有

包括可怜而卑微的荣耀和生命

现在只是在

回忆的味道

榨干了最后的一滴眼泪

看着一片片落叶飘下

被风吹散，渐行渐远

09 月 11 日 ｜ 掩埋喧嚣

不得不去相信

自欺欺人的谎言

不知从何时开始

我放弃了挽留身边的任何一个人

大概是源于害怕和畏惧

心里的鲜血代替眼泪流淌

肆意横流

我披着生的罪恶

在这万里无云的晴空

迎面走来的分明是

此时此刻头痛欲裂的自己

一种对陌生的熟稔感觉

像河流一样奔涌出来

夏日的喧嚣

终于

被一片枯叶掩埋

眼前的路在蜿蜒地前行

路两旁是静默守护的树

树上的叶子还郁郁葱葱

那些树叶即将变黄变红

色彩也将愈发明艳惑人

　不识时务的狗挡在路中央

独自享受自己的幸福

闷热的小屋

一间连着一间的隔间

人的喧哗搅扰着

锅里蒸腾起白色的雾气

围坐着谈笑的人，闲人

那些人如此高兴

仿佛忘记了烦恼

忘记了自己的名姓

甚至忘掉了什么食物什么味道

那些都不再重要

我的心像一杯温热的水

沁入了一缕凉爽的气息

凌乱的石子路

通往一座六边形的白塔

塔上记录着它独有的印记

　见证着无数的过往

继续守护着

除了回忆

什么都没有留下的

下一位路人

仿佛从青铜器的时代

TIP OF
THE
ICEBERG
2018

09 月 16 日
农家乐与博物馆

一路走过变迁的历史
义无反顾

清秀的岛屿
环抱着澄澈的海水
太阳趴在小岛的斜坡上睡大觉
光线迷离而柔和
透出一丝慵懒和妖娆
天空是稍许阴暗
被海面上的倒影忠实地画出来
虽然有风
却没有大的浪花
在梦境中行走了很远之后
我想我大概可以小憩一下
天空是自由的飞鸟在翱翔
水下是欢脱的鱼儿在游弋
我感受到了一种被自然包裹住的爱
甚或忘记了自己是不自由的

如果这是梦
我还不能一睡不醒
如果这是回忆
我也不能长时间咀嚼
因为我从不自由
任何美好和痛苦
包括我自己
都将飞快地逝去
仿佛浮光掠影
我只愿这静好的岁月
深爱所有的人

TIP OF THE ICEBERG 2018

09 月 25 日 | 晚高峰

风吹过树梢的声音

像乌鸦的哀号

汽车的红色尾灯

像燃烧着的红色心脏

幽咽的湖面

我等了又等

月亮明晃晃地挂在那里

阴晴圆缺都不过是伪装

我的故事写满了盛衰枯荣

平铺直叙的精彩

浸润着聚散欢哀

TIP OF
THE
ICEBERG
2018

缘分让人心生暗淡却又在转角处带来惊喜

我等了又等

仿佛等了好几个世纪

回忆是如此美好以至于感到一丝丝的伤感

抓不到的线

仿佛自顾自地纠缠着

我时常会忘记

那些因为试图忘记而反抗的记忆

像是笼子中的巨兽

或许早已融进这黯黯的夜幕中

可是那心却依旧在有力地跳动着

TIP OF THE ICEBERG 2018

10 月 08 日 │ 树上的松鼠

时间在期待和等待中流逝

心里的温度

也在寒冷和温热的交迭中迷失

曾经用尽全力守护的一句话

却早已不再重要

我在接受的同时也在拒绝

或许是心里习惯也厌倦了荒芜

冠冕堂皇成为了伪饰

突然涌起的热泪

噙着滚烫

那从银杏树中剥离出的影子

像一只松鼠

或是一只猫

守候和逃离专属于自己的幸福

TIP OF
THE
ICEBERG
2018

10 月 09 日
雨后的水洼

我想成为一滴水

或是杂草中的一滴寒凉

或是有情人眼中的一抹柔情

雨后的空气愈发清爽

只是温度也陡然下降

一片水洼

倒映出天空的蔚蓝

落叶在上面短暂停留

我想成为一滴水

以不同的形态融入到不同的环境中

然后蒸发或是升华成纯洁的自己

心送着一段又一段的故事

虽然自己早已不是其中的角色

银杏树上落下的不知是谁的泪

不偏不倚地砸在我的头上

我仰起头

路灯的光透过叶片

投射出叶子的纹理

我的心里仿佛涌起几个字

想要说出口却早已没有人倾听

罢了

紫色的雾中氤氲着太多太多

不为人知的过往

TIP OF THE ICEBERG 2018

10 月 11 日	秋已来临

秋已来临
裹挟着衰老的青春赞歌
那首歌唱出了树的年轮

 我还是我
只是更加茫然和果敢
 我愿化成一盏孤灯
燃尽飘零和孤独
或许是因为一句过期的承诺
或许只是心甘情愿

没有对错只是不适合的
 一份爱
无所适从
我宁愿将其归罪于巧合和命运
我依旧拿着微笑的面具
勇敢地走向下一个悲剧
即使面具也失去了笑容

TIP OF THE ICEBERG

2018

| 10月16日 | 我是一棵野草 |

梦想

如此亲近和悠远

这故事

充满渴望和舛折

我是暗夜的眼

不由自主地遗忘掉了

试图寻找的希望

为了那抓不住的梦想

为了那留不住的人

为了那悲哀的回忆

我是一棵野草

生在不知名的地方

我是一棵野草

长在贫瘠的土地上

我是一棵野草

荒芜在寒冷的异乡

10 月 18 日 ｜ 无言的告别

除了别离再不能多说一句话的朋友啊

谢谢你们曾出现在我的世界里

可我是随风漂泊的落叶

从一个人的不自量力到彼此的心照不宣

终于忘记了自己的形状

这所谓的缘分莫名其妙

任何一句挽留都显得那么奢侈

即使依然可以用生命守护

渐行渐远的是人

个中故事仿佛有千钧之重

终归是水月镜花

爱是一种诱惑和无奈

可笑我身上的自嘲和渴望

10 月 19 日 ｜ 我是一首半截的诗

我无法做到最好的自己

挣扎在回忆和经历的荆棘中

我是一首半截的诗

没有结尾的一首诗

结局或许是所有人的哭泣

或许是一场悲剧

我看到了世间最美丽的花朵

欣然开放

却只有错过

天上的月是沉醉的眼睛

梧桐树叶也走向昏黄

夜幕黯淡了岁月

我用悔恨的泪水抚慰不安的魂

TIP OF
THE
ICEBERG
2018

| 10月20日 | 落尽叶子的树 |

我是一棵即将落尽所有枯叶的树

树叶就像一片片无字的天书

被风裹挟着奔向四面八方

我是一朵已经枯萎还未凋谢的花

花瓣的低吟浅唱

编织成了

夜空中飘着的乳白色的带子

这里没有对青葱岁月的追忆

没有赞美和欢笑

只有踽踽独行的诗歌

在缓缓流淌

我是一根半截的蜡烛

一根会流泪的蜡烛

TIP OF

THE

ICEBERG

2018

10 月 24 日 | 遗世独立的人

一场不愿经历也不愿苏醒的梦

一个得不到又怕失去的人

试图捉弄命运的人反过来被嘲笑

看着遗世独立的人渐行渐远

每一次都是不说再见的永别

刻骨铭心的回忆

压断了枝头的破败

燃尽了枯叶的无奈

身不由己地被风吹散

这心时而沸腾

时而空空如也

却不能够继续简单和安逸

他的一双眼睛

一只是大海

一只是月

他捧起的不是落叶

是被太阳灼烧的秋

洒满了我所不能承受的颓圮

我想把他捧在手心里

在这梦境的现实中

这纯粹的微笑

唱着温润的歌

度过了无数的秋冬春夏

越过了无数的江河湖海

依然没有选择停歇

我追逐着它

从幻境走向迷离

TIP OF

THE

ICEBERG

2018

10 月 25 日
_____
被太阳灼烧的秋

那是我的初心吗

可是那秋

一次次背我而去

我希望被拯救和解脱

从浑浑噩噩中逃离

我选择坚持

一种叫做心甘情愿的坚持

尽管那感情过于沉重

尽管这故事还来不及细细咀嚼

尽管这柔弱的心过于稚嫩

尽管小小的心意还来不及表白

只是源于对爱的信仰

便只有执着和坚持

TIP OF THE ICEBERG

2018

华丽的辞藻堆砌

不如真真正正地经历

太多的无病呻吟

远不及一句温暖的话语

渴望而又得不到的是感情

逃避而又摆脱不掉的是自己

从一种形式的一无所有到另一种形式的一无所有

无数的选择在轻轻流过

从我的指隙间

从我的肩膀上面

托起噙着的眼泪

被看不到的丝线缠绕

明明感觉是遍体鳞伤

却更希望是一场迷梦

守着那牵挂

看得见却够不到的倩影

仿佛是一首歌

陌生而又熟悉的歌

我时而会感到卑微

同时也感到无比幸福

太多的片段值得回忆

每一次都被定格成永恒

可我却总是不知所措

我甘于享受

我甘于承受语言的温度

尽管或许只是自我欺骗

我会是第一棵落尽叶子的银杏树吗

或许会或许不会

在这秋意纵横的时节

自己的影子一面连着自己

一面通往暗夜

我充满畏惧和向往

那是我

一个矛盾的自己

TIP OF THE ICEBERG 2018

| 11月01日 | 春天前的冬天 |

成群飞舞的蝴蝶成为枯黄的落叶
操场上飞起的足球变成一只鸟
路灯燃起了火却没有温暖

春天一定会来的
在那之前
我不知道能不能熬过这个冬天

在这里经历过太多的孱弱、悲哀和荒凉

如今仍要承受孤独

他写过为春天痛苦地呼吸

他看过樱花朵朵随风飞

他见过枝头上垂着的无奈

一次又一次地重复

一次又一次地生离死别

一次又一次地聚散欢哀

"我爱你，却与你无关"

没有人比他更有资格说这句话

他大概再次失望

不，是走向绝望

眼前的人

或迟或早

都会成为陌生的人

还是那首老歌

却没有当初的朋友

他等了很久

只为了一次告别

为了为缘分慕名而来的过客

为了心中不肯承认的无可奈何

为了那支离破碎的故事

为了那努力拼凑的自己的拼图

然而

却迟迟没有等到

TIP OF THE ICEBERG 2018

11 月 02 日

我爱你，却与你无关

TIP OF
THE
ICEBERG
2018

11月03日 | 黎明时的迷路

我时常会迷路

不过不是眼前的路

人与人之间看不见的丝线

成为了巨大的迷宫

这里既不温暖也不寒凉

或者说感受不到一丝温度

我一直在寻找什么

不是希望

只是一个容得下自己的位置

风口浪尖也好

无人问津的角落也好

天亮了

我也该走了

TIP OF THE ICEBERG 2018

11月07日 ｜ 赐给黑夜以死亡的权利

黑夜给了我冷静和睿智

我赐给黑夜以死亡的权利

我在阴暗的角落里看到了

本以为死了的昨天的自己

我没有善意

也无法欺骗

昨天的自己

分明就在看不见的座位上

等待我的解脱和赎罪

却从没有考虑过原谅

我想了很久

我知道他不愿意

那放不下的不甘

我的执着

在秋来临的季节

像一把锋利的刀

他用泪水蘸着墨
倚马千言

波澜万丈的故事
静静地躺在纸上
被风微微吹拂

一只猫在愈发寒凉的夜里
哀号着

有更多的树落尽了叶子
有更多的声音因为寒冷而被雪藏

我带着怀疑和惋惜
静静地守望着
或许早已知道结果

一部巨大的书
字里行间有一个深沉的吻

TIP OF THE ICEBERG 2018

11 月 10 日 ｜ 凌乱

TIP OF THE ICEBERG 2018

凌乱的落叶和我
渴望一种温暖和宁静

174

11月13日 | 楼道的脚步声

脚步声
我
楼梯

就像是邯郸学步
我不仅没有成为当初设想的自己
甚至一步步远离昨天的自己

我时常没有做好足够的准备
便要不断地奔赴下一个战场
如果是昨天的自己
一定会选择全力以赴或是全身而退
而现在总是别无选择
只能趁着活着
拖着羸弱的身躯
艰难前行

我
不再会选择叛逃
我
已等待多时

TIP OF THE ICEBERG 2018

如果这是你的诚意

请收回你的虚伪

他的眼泪

带着些许淡粉红色

从我的眼中流出

从逃离到抗争

依旧孤勇

依旧暴虎冯河

我在世界的角落里蜷缩

他则从我的身体里挣脱

化茧成蝶

为我

为自己的灵魂举行葬礼

稚嫩的笔触

简单的线条

一家人在手拉着手

爸爸、妈妈和我

不协调的身体比例

有点搞笑的神情

旁边是一个温暖的房子

望着一个孩子的画

想想自己在这里这么久

却从没有家的感觉

鼻子一酸

又想哭又想笑

稚嫩的笔触

简单的线条

一只刺猬在草地上

每一根刺上都有一个小果子

天上有一只飞翔的黄色的鸟

有圆圆的太阳在照耀

而现实中的我

面对着的却是夜幕下的大海

只有零星的灯火

TIP OF

THE

ICEBERG

2018

11 月 22 日
一个小孩子的画

TIP OF
THE
ICEBERG
2018

11月23日
银杏树下的黑猫

下午的阳光通过镜子
让房间里充满了暖融融的阳光

我确实认识这个人
但不过是有着同一份记忆罢了
我了解他的过去
却不知道他的现在

我停下脚步
他在银杏树下蜷着身子坐着
像黄沙一样被风吹散

一只黑猫逃走了
或许后会无期
或许再次相遇
但也会少了几分惊喜和期待

日记本
钢笔
一如既往地在纸上写着什么
突然
两滴沉重的鲜血摔了下来

TIP OF
THE
ICEBERG
2018

11月24日 │ 记忆的国度在冰面之下

一个神奇的国度

那里有我从没有拥抱过的彩虹

那里有棉花糖做成的云朵

那里充满了阳光和温暖

那里有醉人的鸟语花香

可是我再也闻不到那里的芬芳

取而代之的是自己的鲜血味道

　因为我自己

就是通往那里的

一把锈迹斑斑的钥匙

门的后面有一个人

如果能换回这个人的回心转意

至少是能够让我再次相见

我愿意

再次跌入

这暗夜下凛冽的深水

裹挟着叫作无情的命运

游弋……

TIP OF
THE
ICEBERG

2018

11月25日 | 图书馆

巨大而空旷的图书馆

沾满灰尘的史籍

翻开一本古老的书稿

米黄色的纸张在昏暗的灯光下

愈发地透射出历史的凝重

我在自己的图书馆里寻找着

在字里行间

寻找过去的自己

却没有任何一个文字符号

只有泪水

只有沉重的喘息

"他在驱逐身边的所有人之前

首先驱逐的是自己"

他用自己的泪水汇聚成诗歌的海洋

仍执着于眼前的虚妄

12月01日 ｜ 火车上

一盏梦想的烛台

我是正在燃烧的烛芯

这夜

颠簸、闷热而漫长

像一张巨大的网

将不熟悉的故事编织在一起

TIP OF
THE
ICEBERG
2018

TIP OF
THE
ICEBERG
2018

12月02日 ｜ 夜将明

夜将明

尽管眼角里充满血丝

可是这故事终究要结束

TIP OF THE ICEBERG

2018

12月02日 ｜ 风筝

梦醒的时候

是雾霾的天气

我是一张风筝

风筝线的另一边

曾经是一个温暖的家

曾经是一所温暖的学校

或者是一个熟悉得不能再熟悉的人

被风捉弄的我忘记了当初的方向

向上才是自己的初心

只是因为一张可爱的孩子的仰望

我经历过热血沸腾

我经历过酣畅淋漓

我在梦境中路过无数的风景

梦醒之后却不敢看风筝线的另一边

那里或许有一颗伤痕累累的心

那里或许有一段沉甸甸的回忆

那里或许什么都没有

我是一颗风筝

像一颗小得不能再小的尘埃

我期待着奇迹

也有所畏惧

我是一面风筝

却找不到一面照得见自己的镜子

因为我就是一面镜子

映着一个孩子的笑脸

稚嫩的笑脸

那是过去的我

和现在的我一样没有童年

TIP OF
THE
ICEBERG
2018

12 月 05 日 ｜ 死胡同

天气有些寒凉

地面上很干净

路两旁的树木已经没有叶子可以落下

天空有些忧郁

却还有最后的几滴眼泪可以落下

我不知不觉间走到了一个死胡同

我从未想过什么眼前无路什么身后有余

这故事

因为长时间的太阳暴晒

失去了光泽

褪去了色彩

变得愈发柔弱

我想要继续说些什么

却不知道该对谁说

TIP OF
THE
ICEBERG
2018

| 12 月 12 日 | 雪化了 |

此时此刻的我

俨然成为了一个雕塑

却依然流着眼泪

在一点点剥离掉所有的感情之后

是一种难以言状的

感受不到任何感情的悲哀

我还在等待

却忘记了等待些什么

或许还没到来

或许早已错过

雪化了

春天还没有来

TIP OF THE ICEBERG

2018

12 月 16 日
没有叶子的树

夜

孤零零地挂着一弯残月

云，在月亮的四周围成了龙的形状

又被呼啸的风吹散

路灯已经熄灭了

旁边的树木更是早已落尽了所有树叶

只剩下了枝干

显得遒劲有力

我从噩梦中苏醒

痛苦早已在现实中恭候多时

我想成为一面镜子

可镜子却执意要拿我的心做抵押

我眼角处不经意流下的眼泪

是这暗夜中最后的温度

对着一张白纸

我茫然地坐着

在空旷的屋子里

眼睛里空空如也

脑海里空空如也

只有痛苦

是唯一区分梦境和现实的东西

月亮是有脚的

月亮会顺着月光下界

可下面时而空空如也

时而长满荒草

时而被野火烧得疲惫不堪

月亮不知道等了多少年

甚至忘记了自己的年龄

那微笑一如既往地甜美

突然间带有一丝蓝色的狡黠

蓝色是他的愧疚

月亮

义无反顾地跳进水中

重复着在梦境中无数次梦到的场景

他仿佛感受到一点微弱的光

一点若即若离的温暖

他把它叫作人情味

月亮没有被感动

依然保持着不喜不悲的神情

他在寻找一个秘密

他在寻找一个答案

他看到一只猫围着一个盒子

盒子里面是一片湖水

月亮躺在湖水上面

成为了猫的眼睛

TIP OF

THE

ICEBERG

2018

12 月 16 日

投湖的月亮

TIP OF
THE
ICEBERG
2018

12 月 17 日 | 路灯是一盏渐行渐远的离愁

破碎的故事交织成温婉的歌曲

像一个旋转的丝绸带子

然后不由自主地崩坏

一个很久没有被打理的蛛网

沾满了浮华和喧嚣

路灯

是一盏渐行渐远的离愁

TIP OF
THE
ICEBERG
2018

12 月 17 日 | 冰冻的湖面是玻璃墙

熊熊燃烧的烈火

把月亮从粉红色烧成了橘红色

月亮出奇地把哀婉投射下来

化作一缕水声

终于停下了脚步

我所怀念的不是成为过去式的朋友

只是一种亲切的感情

一种透明而纯粹的感情

一种甘之如饴的体验

像是一种如泣如诉的依偎

像是一种死生相契的恬淡

然后肆意流淌

可是

命运在这里又化身成了嫉妒

我的面前是一块巨大的透明玻璃

外面是遥不可知的夜

夜空中有几颗寒星在值着夜班

一副熟悉的面孔

一阵熟悉的笑声

明知道那是错觉也义无反顾地伸出了手

……

直到

手指尖触碰到了玻璃的寒凉

只有诗歌

像一张正在燃烧的纸

透过这无情的玻璃

炙烤着更为无情的月

炙烤着更为无情的夜

我扑灭了这火焰

冰冻的水面像是尘封的记忆

下面是一面巨大的透明的镜子

月亮直直地砸了进去

化作一阵水声

终于被冷漠吞噬

TIP OF THE ICEBERG 2018

12 月 22 日 ｜ 丝线

白天和黑夜交界

也是希望和绝望的界限

行走在生与死联结成的蛛丝般的细线上

忘却了脚下的万丈深渊

忘记了身后的烈火烹油

看不到前方

而只觉得身体轻如蝉翼

心里却没有任何摇摆

　充斥着厌恶和向往

扪心自问到底希望的是什么

不是别人的理解

不是故事的终结

也不是一次安逸的死亡游戏

那是远远超脱生死的

强而有力的力量

却不能对任何人诉说

夜如期而至，影子却选择了背叛

TIP OF
THE
ICEBERG
2018

12 月 27 日 ｜ 末日余晖

夜晚不太适合回忆

泪水淌了一遍又一遍

我居然发现自己的眼泪是甜的

阴差阳错地获得了前所未有的感觉

可是却只能逃避和退缩

我无法面对

无法去做自己想要做的事

无法去爱自己想爱的人

我的身边都是温暖的人和故事

有时我也会感到一丝温暖

然而更多的是冷漠

一种白头如新的朋友

然后就是带着微笑的别离

心里只有祝福

却不是对自己

末日余晖

鲜血染红了火烧云

TIP OF THE ICEBERG 2018

12 月 28 日 │ 我写我自己在纸上

一点一滴的记忆汇聚成海洋

一笔一画的日记记录着过往

我是一只依偎在朋友身边的猫

我是一只渴望飞出笼子的飞鸟

我写我自己在纸上

我写我自己在残雪上

我颙望着天空

天空没有云彩

那是一种再熟悉不过的陌生

TIP OF THE ICEBERG 2019

| 01 月 13 日 | 无雪可化 |

大雾的早上
如此漫长和匆忙

终有一天春天会来临
但好像早已无雪可化
我不知道那时我是否还活着
全身心不由自主地随风飘摇
只有卑微的回忆在逆风而上

我十万分地充满喜悦和绝望
终于找到自己所追求的东西
却无法通过自己的努力得到

TIP OF
THE
ICEBERG

2019

01月29日	被篡改的记忆

仿佛是某一情景的重复

似真实伪的故事

在似是而非间游走

我竭力去阻止可能应验的噩梦

我现在手上的记忆

是昨天的自己篡改过的

这里有空白

这里有一遍遍地重复

有那些忘记名字的曾经的朋友

有那些极力想要记起却回忆不起来的人和事

有一个自己

不像现在这般丑陋的自己

为了生命中不断帮助我的贵人

为了在暗淡中追逐光明的明天

便以随时赴死的心态
从命运的眼泪中攫取时间

未来
是沙漠里的一只白色鞋子
是海面上漂浮的一片海藻
未来
与昨天的青涩和单纯相反
不再简单，不再干净
未来的痛苦将同样被掩盖

可感情的线
未必能拉到明天
随时可能折断
孱弱的人被柔弱的线缠绕着
那丝线
没有头绪

珍珠
是蚌的痛苦
我也要接受没有审判的受难

TIP OF THE ICEBERG 2019

02 月 15 日 ｜ 旅馆

颠簸了两个小时的公交车……

正好赶得上的火车……

几乎从起点坐到终点的地铁……

我望着前方

脑海里还是一捧黑色的花

我坐过了站

又转了一圈

在一个仿佛待了很久的陌生城市

流浪

　像一只移来移去的剪影

天空

大概听了我的故事

也扑簌簌落下眼泪

只是因为寒冷

便成为积雪

成为大地的白色毛毯

银装素裹
时而暗哑
时而啁哳
也许是因为内心的搅扰

也许
这里的某一片雪花
来自曾经的眼泪
但现在
它属于
银色的世界

很多人的颙望
很多人的等待
很多人的笑脸
都散落了
在失落的公园里
是两个孩子在嬉戏打闹

我在过街天桥上看人来人往
这雪终究会融化
那么春天还会来吗
我的春天还会来吗

墙上画着梅花
还有苏轼笔下的
“罗浮山下梅花村
玉雪为骨冰为魂”

02 月 21 日 ｜ 我把生活活成诗

TIP OF
THE
ICEBERG
2019

我想把生活活成诗
而不是用诗堆积成生活

我以为透明的感情
不过是表面上的幻影
我尽力在记忆中寻章摘句
渴求体面地掩饰自己

03 月 02 日 ｜ 一个人的别离

TIP OF
THE
ICEBERG
2019

相见便要别离，相识不如偶遇
春天，不属于我这种落下了的叶子
一个人的别离，是表现为风轻云淡的汹涌
是若无其事下的百感交集
这里的变化与我无关

TIP OF THE ICEBERG

2019

03 月 04 日 | 最后的棱角

作为最后的棱角

漫不经心的忧郁

是有趣的源泉

只是被一个情字所困

我是一个坏好人

眼睛里噙着泪水

闪烁着离别

曾以为的风轻云淡

以及曾经的笃定

在看到别人影子里的自己之后

烟消云散

TIP OF THE ICEBERG

2019

| 03 月 10 日 | 海边的破船 |

破旧的木船安详地躺在海边
沙石因为海水的滋润变得明亮
头顶的海鸥发出婴儿般的叫声
翅膀也在有力地上下舞动
一群孩子在向海里投石子……

我踩踏着沙石的声音
作为一个逃避者的流浪

TIP OF
THE
ICEBERG
2019

---

03 月 17 日 ｜ 两片叶子

空中飘下两片透明的叶子

一片在空中盘旋

叫作心照不宣

另一片落在了地上

叫作自作多情

---

03 月 31 日 ｜ 被篡改了的梦

我背着这个人

走出了门

走在满是水洼的地方

停下来的时候

仿佛有人从门外面进去

我的梦戛然而止

或许只是在梦里结束掉另一个梦而已

TIP OF
THE
ICEBERG
2019

203

TIP OF THE ICEBERG

2019

05 月 19 日
高铁上

我在大雾的遮蔽下逃离

我还在昨天的记忆中

雾气中的绿色或浓或淡

徘徊着纠缠不清的感情

那里的山和大海看不到了

可是在记忆中还是那么清晰

我仿佛能够听到大海嘶嘶的浪潮声音

在浓暗交替的绿意中

偶尔可见小亭子

或是简易的窝棚房子

这绿色如此熟悉而陌生

我是一个客人

做了六年的客人

昨天的自己从楼上的教室

透过树上的鸟巢

望着被微风擦拭着的街道

现在的我

正在下面的路上漫不经心地游走

走过一个个冬春秋夏

没有感受到温度的变化

TIP OF
THE
ICEBERG
2019

05 月 20 日 ｜ 为我送行的雨

潮润的空气鼓动着

久违的风夹杂着

浅白色的花瓣

如同树木的眼泪

洁白、轻柔、婉转

雨来了

像是为我送行

五彩斑斓的花

缀满了人间晶莹剔透的水珠

仍不失其本来的形状和色彩

我只是单纯地爱着眼前这一切

无关其他

太阳是蓝绿色

我渴望着一缕曾经经历过的温润的光

05 月 29 日 │ 我是一首孱弱的诗歌

这心碎了一次又一次
被风吹向遥远的夜空
成为忽明忽暗的星星

我是一首孱弱的诗歌
捧起月亮清冷的面庞
悔恨错过的悲欢离合

陌生的人在黄昏里乞求着
我停了一下脚步
忘记了自己还会流泪
只是
有相见的人，却没有相见的理由
只是
不再为求之不得而伤感
也更加珍惜不求而得的东西

06 月 01 日 | 把一张纸揉碎把太阳装进去

尽管内心翻滚着波涛

表面上又佯装镇静

拿着剧本一字一句大声地读着

自己却根本听不到

"朦胧的感情才是最珍贵的……"

我以为自己哭了

可是没有

就像是我认为有观众一样

可是没有，连嘲笑我的人都没有

就像是我没有活过一样

"有一种死亡，是被周围的人遗忘"

把一张纸揉碎

把太阳装进去

TIP OF THE ICEBERG 2019

TIP OF THE ICEBERG 2019

07 月 03 日 | 付出

我所有的巨大付出，不过是为了别

离时的心安理得，或者说自我欺骗

TIP OF
THE
ICEBERG

2019

没有经历，便不会再有回忆

思念将不再会成为一种习惯

只得心甘情愿地接受阴差阳错的结局

从一个人的孤勇到一个人的挣扎

空荡荡的内心不愿演绎下一场精美的意外

一个艰难又不圆满的句号

我，别无选择

甚至没有一个解释的机会

心里重复了无数次最好不见

最后选择了懦夫般的叛离

命运啊，此时此刻我在这里

命运啊，我还是我又不再是我

命运啊，你尽管来捉弄

TIP OF
THE
ICEBERG
2019

太阳躲在云里面

不时地探出头来

窗帘的轻微摆动

告诉我有风闯了进来

这里一如既往地闷热

时间像玻璃一样微微颤抖

我想成为喷泉里跳动着的一颗水珠

以一种纯粹记录着眼前的世

TIP OF
THE
ICEBERG
2019

08 月 16 日 | 三天

一天的急雨，路上涨满了积水

又一天的雾气，漫天的奶白色迟迟不愿消退

再一天的潮湿天气，忧郁得像任性的孩子

大地终于迎来了久违的烈日

却早已不是熟悉的样子

在远处的岛屿周围

不再有浪花拍打的雪白

蓝蓝的大海一无所有

蓝蓝的天空一无所有

细细的一条天际线

终于把大海和天空阻隔

依旧沉寂的故事

装着小小的我

我的心里

像是被海水倒灌一样

TIP OF
THE
ICEBERG
2019

| 09 月 14 日 | 路边的蓝色气球 |

天亮了

世界又回归温暖

路边的蓝色气球

永远地消失在

陌生的人群中

TIP OF THE ICEBERG

2019

09 月 18 日
死而无憾的梦

大哭一场之后

是一场梦

一场死而无憾的梦

梦里面有爱人

梦里面有朋友

梦里面有欢笑

然而梦境终究归于虚幻

现在是两点多

外面起了风

温度也降了下来

想想这真实的自己

因为爱而远离和逃避

与其说后悔不如说是无可奈何

真诚的泪水洇湿了用谎言拼凑的世界

因为不再有值得回忆的事情

便更加肆无忌惮地在这里游走

也不必在意遇到熟悉的人

内心中炽烈燃烧的火球啊

被冰冷的外表死死地锁住

也许在某个平行的宇宙中

另一个我会过得很好

但是在这之前

我不相信它的存在

09 月 19 日 ｜ 崩溃边缘

在记忆中无比熟悉的人

转眼成为眼前看错的另一个人

泪点和崩溃边缘紧紧重叠

不知今后我将为谁守护

或许是片羽吉光落地成殇

眼望着离离芳草含泪燃烧

我是这里的背景

这里是无人可爱的末世

TIP OF THE ICEBERG 2019

09 月 20 日 ｜ 失落的等待

TIP OF THE ICEBERG 2019

如同坐禅苦等却不知等待着什么

所谓种种早已不是记忆中年轻的样子

毋宁说以一种充实来麻痹自己的感官

从失落的世界到一座巨大的人性孤岛

只得以一种不愿承认的改变

蜷缩到一具又一具空壳中

TIP OF
THE
ICEBERG
2019

09 月 21 日 ｜ 幻觉

又是擦肩而过的幻觉

又想到无可奈何的辜负

因为来自辜负的罪恶感

我的世界仿佛永远地失去了色彩

尽管命运从一开始就告诉我不可能

痛苦在离别许久之后不间断地发作

彼此亏欠也好

单方面的一笔勾销也好

对不起，我没有办法遗忘

10 月 01 日 │ 共进午餐

我吃着饭，不敢抬头
"你真的有那么忧愁吗"
我没有说话也不敢说什么
一时无语
待缓缓抬起头时，早已无人
只有自己的满头汗水

再一眼
我出现在一个人的笔记上
我是笔记里一个很悲剧的角色
我在故事中的笔名叫作朱颜改
我一边哭泣一边写着什么
前面的内容大抵被泪水润湿了
只有末尾的一句话，改来改去：
"西风碧树去年，人间，都只怨，相思味浓，但恨缘浅"

再一眼
我从床上醒来
依旧幽幽邈邈

10 月 07 日 ｜ 一场无言的道别也是 一期一会的呜咽

十月的天空格外地高

也格外地蓝

白色的云被风扯得笔直

路上的杨树站得也笔直

心中的丝丝缕缕

纵横交错成微波粼粼的海面

太阳显现出一种橘黄

既是温暖也是一种刺痛

脑海中渐乎暗淡的流光疏影

那是一种幸运，一种值得哭到撕心裂肺的幸运

我正努力从记忆的惯性中离开

来的尽管来着

去的尽管去着

一场无言的道别

也是一期一会的呜咽

TIP OF THE ICEBERG 2019

10 月 07 日 ｜ 前路渺茫

浅酌低吟亦是海誓山盟

飞蛾扑火却没有浴火重生

我将流向何方

那也许的也许

都不过是掩人耳目的借口

仿佛一首熟悉的老歌

忘记了歌名和歌词

可歌的旋律还是那么清晰

我渴望一个解释的机会

却没有准备好解释的台词

这百感交集太过浓烈

似乎都为一种无病呻吟所占据

夜来了

我在夜的肌肤上写着几个字

"依依昨日事，离离故人情"

TIP OF THE ICEBERG

2019

---

10 月 28 日 ｜ 桥上

我站在桥上

在这互为风景的夜色之下

我错过了夜幕下所有的星星

我也不再发光

所谓种种

就是从陌生到相识

再到再也不能陌生和熟悉

渡口上再也没有摆渡的灵魂

路灯和银杏在窃窃私语

疯过笑过之后

是毫无头绪并且没有结果的等待

TIP OF
THE
ICEBERG
2019

---

10 月 29 日 ｜ 秋已来临

秋已来临
树叶枯萎了
一池的黄褐
一墙的赭红
秋已来临
树叶落了
红的，橙的，黄的，紫的，绿的，黑的
因为感恩而感动
也因为失落而失色
遗忘的故事也会被遗落
以一种感受不到的痛苦的形式
旋转着
叶的脉络
是一个想知道却不敢问的答案
青鸟和明月都不愿当信使
树叶落了
鲜妍的，暗淡的，透明的，完整的，残缺的
秋已来临

太阳照着我的
我的影子被打到墙上

11月10日 | 六载他乡过客

TIP OF

THE

ICEBERG

2019

天阴雨湿叶落

花残柳败雾薄

山斜松青桥破

枯枝寒鸟

六载他乡过客

11月12日 | 26 楼外的风景

天空中几朵慵懒的云

被慢慢拉长

没多久又变得昏暗

失去了洁白的色彩

天际变得灰蒙蒙的

海的颜色也变得发青

是那种遥不可及的颜色

风从海面上刮来

从下面顺着大楼向上爬

闯进窗户里

我站在 26 楼

大风自下而上扑面而来

TIP OF

THE

ICEBERG

2019

11月24日 ｜ 天气像个孩子

这两天的天气很不安也很暴躁

带着难以捉摸的孩子脾气

天空一直都是灰蒙蒙的

风夹杂着寒意汹涌着旋转着

地上的叶子虽然还是各种颜色

但都蒙上了一层灰暗的外衣

这时候外面好像下着雨又好像下着雪

在车灯前面是一条条细密的丝线

我站在十字路口

一双洁白的鞋子

地上的水花微微溅起

没有仰望

没有前方

只有陌生，一个又一个地拼接着

蜿蜒到每个暗夜的角落

12月10日 │ 好久不见

我就像这里的初雪一样

看得见的是洋洋洒洒

却大都消失在落地之前

只有在阴暗的角落才有些许存在的痕迹

天阶月色微凉

我就是那个一直都在的好久不见

浮光掠影一般

在记忆中隐约出现

不再清晰

只是在不知名的角落里微微喘息

只是在不知名的角落里微微哭泣

12月11日 │ 痛苦的放弃

这放弃

远远比努力更加痛苦

故事的起点和终点紧紧相随

敌不过漫不经心的冷漠和温柔

踽踽独行的我可怜得有些可恨

继续着不解风情的流浪

这放弃

比努力痛苦得多

TIP OF
THE
ICEBERG

2019

---

12 月 16 日 │ 我的身边只有孤独

夜色下的枝头是黑色的瘦弱

晶莹的水珠排列得整整齐齐

一把雨伞

撑起了路灯的光

手指

在伞的四周摸索着

黑色的外套披在外面

加上胖胖的身体和滑稽的步伐

像极了一只慵懒的企鹅

水面上映着红色和白色的车灯

鞋子踩着刚刚积累起来的水洼

溅起小小的水花

我的身边

只有孤独

12 月 20 日 ｜ 独行的路

一场像模像样的雪
是记忆中应有的样子

我在推推搡搡的人群之中
没有风也感觉不到寒冷

这雪
掩盖掉了淡淡的银杏果实的臭味

一条独行的路
承载着一次次的风霜雨雪

TIP OF THE ICEBERG 2019

12 月 21 日 ｜ 雪化了是遗忘

雪化了
是遗忘

我也一样
以一种形式出现
再以一种形式被遗忘

消失……

TIP OF THE ICEBERG 2019

12月22日 | 树枝打在墙上的影子

外面下着雨
对我来说，那就是雪
只是因为那种打在脸上的感觉

在未完全融化的雪上
树枝的影子显现出一种紫红
随着往来的车辆摇摆着

TIP OF THE ICEBERG 2019

12月23日 | 一个孩子写的作文

TIP OF THE ICEBERG 2019

电梯上听到一个孩子写的作文
"我的爸爸……

他的个子不高也不矮。他的头发直直的，像一千多根针。他的眼睛像两个黑葡萄。他的鼻子，像大山的缩小版……"

这一日是冬至后的第二天

12 月 25 日 ｜ 树上的橘猫

TIP OF
THE
ICEBERG
2019

一只大橘猫以矫健的步伐蹿到树上
尾巴蓬松着

整只猫像极了一种松鼠

还回眸一笑
跑了

12 月 26 日 ｜ 回家的车票

这里的山海树木都具有灵性
然而知道的未必看得到
看不到的又猜不到
猜得到的也得不到

我所感受到的
是一种美，一种凄美

我不关心日食
我关心一张回家的车票

TIP OF
THE
ICEBERG
2019

TIP OF THE ICEBERG 2019

12 月 31 日 | 新的一年

2019 年还没有什么深刻的印象

2020 年转瞬即来

这一年总体上来说是盛极而衰

我不知道自己的选择是对的还是错的

也许就是为了那些凌驾于生命之上的追求吧

活着也好死了也罢，笑着也好哭着也罢

时间的洪流只怕是越来越快

我要去做些什么，去证明些什么

我的时间不多了

这夜无比安宁

TIP OF

THE

ICEBERG

2020

01月05日 ｜ 独守空城

大抵所有的感情

所有的忧喜欢哀

终归被时间漂白

我依旧一个人

枯守着一座城

哭等着一场梦破

缠缠怨怨

希望的微火是否在暗夜的无声中消退

那些不甚熟稔的章句被撕裂

同样在暗夜的无声中

TIP OF
THE
ICEBERG
2020

01月06日 | 渴望

我需要回忆
但不能一直沉湎于回忆

我需要未来
即使只是一张白纸

我受够了暗示
却同样无法吐露心中的真实想法

我习惯了听一些老歌
又害怕被那些共鸣刺痛

我想要去旅行
总是被各种琐碎耽误

我渴望一种简单
可是再也没有纯粹的感情

懂得
不是慈悲和怜悯

01 月 07 日 ｜ 肆意刮着的风

这风

肆意地刮着

无休无止

我想简单地活着

可活着，对我来说从不简单

TIP OF THE ICEBERG 2020

01 月 09 日 ｜ 梦

TIP OF THE ICEBERG 2020

很久没有做梦了

一做梦就是惊心动魄

一觉醒来只是身心俱疲

在人心不古的故事中

我以一个受害者的身份

跌跌撞撞一路走来

我也曾歇斯底里地挣扎着

却不敢挽留

231

01月17日 │ 无力改变的结局

经历过太多的人生初见和无缘再见

那感觉就像是从真好是你

转眼变成可惜是你

这心也曾感动和柔软

这心也曾渴望和温暖

不是我喜欢悲剧

只是这结局我无力改变

02月11日 │ 自由

自由是一种看得见的遥远

TIP OF
THE
ICEBERG
2020

---

03 月 05 日 │ 早上的霜

一样的苦辣酸甜

一样的悲喜忧欢

一样的南北西东

一样的冬春秋夏

一样的生老病死

一样的山川日月

被不同的人演绎成不同的故事

这故事汇聚成弱水三千

而这弱水三千

与我无关

我既没有挣扎也没有祈祷

只是望着望着

早上的草木结上了霜

在太阳的温暖下逃离

微笑着背叛

我曾有无数次解释的机会

可是，至少从现在开始，一次都不会有了

雨，夜

一把伞，仿佛遮挡住了，所有雨水的侵袭

路灯，银杏

摇摆着

我从伞的边缘向外看

是熟悉的身影，却一时叫不出名字

再向上看，却看不到脸

只有寥落的星辰

甚至也没有了雨

仿佛听到再熟悉不过的笑声

那是我永远无法面对的过去

那是不愿醒来的美梦

然而梦境终归现实

从现实醒来的我依旧遍体鳞伤

心中挥之不去的愧疚

漫长等待之后的失望

偶尔涌上心头的过往

所谓种种，所谓的冤怨缘

极尽沉默

无论怎样美丽，只会有沉醉，却不会低头

我是王淼

一半是辛酸的泪，熬成蜡油

一半是苦难的诗，捻成灯芯

可惜我不信佛，甚至不相信命运

TIP OF
THE
ICEBERG
2020

03 月 09 日
雨，夜

TIP OF
THE
ICEBERG
2020

03 月 14 日 ｜ 屈辱地流浪

春天的花或者开着或者还没有开

看花的人也许会有也许不会有

至少我不是其中一个看花的人

或者是看惯了

看惯了被谦和的阳光抚摸着的花瓣

我的确在人生的棋盘上走上几步好棋

可那只是一部分

全局之下的黯淡几乎难以挽回

这落子无悔的人生

太过起伏跌宕

我还是活了下来

以一种屈辱的形式流浪

TIP OF
THE
ICEBERG
2020

03 月 16 日 │ 没有开始的结束

不是结束而是还没有开始

那是一个可怕的预言

什么结束什么开始

仿佛在现实里面

或是一个很真实的梦境里面

心中隐隐不安

却苦笑着

蓬松的头发又添了几根白丝

我不再习惯性地叹气

只是心中不甘万千的话语积郁着

压得胸闷

压得头疼

没有一点痛苦

只是眼睛更加疼

TIP OF

THE

ICEBERG

2020

03 月 24 日 ｜ 孤独惯了

我与这夜孤独惯了
以至于忘记其本身的味道

TIP OF

THE

ICEBERG

2020

04 月 03 日 ｜ 一树春花白

一树春花白
荒芜多少人情债
孤影自徘徊

TIP OF
THE
ICEBERG
2020

---

05 月 20 日 ｜ 水下的鱼

又是平凡的一天，没有任何惊喜和惊奇，大概是
孤独惯了

像一条鱼，在水下望着岸上的人，望着那些羡慕
在水中自由游弋的鱼的人，羡慕着

---

07 月 13 日 ｜ 黎明

TIP OF
THE
ICEBERG
2020

荒芜的心，阴沉的云
巨大的镜子映着我的影子
静谧的人间世
除了自己的脚步声一无所有
暗夜因为黎明的到来而隐隐骚动
暗夜也因为相思而隽永绵长

08 月 04 日 │ 盛夏

太阳摆了摆手
倾落下一片又一片破碎的阳光
这阳光被风轻轻抚平
一直向远处流淌着

夏天的蝉
吵醒了一个又一个的黎明

大海也在不停地颤抖着
一片片的鳞片映着耀眼的光

依旧孤独的我
守着一片深绿色的叶子
将小小的身躯藏在这盛夏

藏在这盛夏的威势之下

08 月 07 日 ｜ 立秋

立秋
枕着红红的一轮夕阳
海风习习地吹拂着
遐思在空中尽情地舞蹈
远处的小岛和大海依旧静谧

TIP OF THE ICEBERG 2020

08 月 08 日 ｜ 风是一条凌厉的鞭子

风是一条凌厉的鞭子
白云像是一群懦弱的绵羊
在山的四周跑来跑去

天空，大海
还有空中被太阳晒化了的故事
都曾伤痕累累

一朵鲜花喷出了鲜血
染红了天际

TIP OF THE ICEBERG 2020

240

08 月 26 日 ｜ 长了脚的故事

外面下着雨，虽然不大，却还没有停下来
的欲望

撑起一把小伞，试图保护脆弱的自己

一片片树叶写满了故事，熟悉的和陌生的

我从未离开这里就像从没有来过一样

一个个故事长了脚，长了翅膀，四处流散着

雨伞的伞骨坏了，弄了很久终于好了

那些故事，熟悉的和陌生的，早已冲出
窗外，而窗外，还在下着雨

TIP OF THE ICEBERG 2020

09 月 07 日 ｜ 蝴蝶

TIP OF THE ICEBERG 2020

雾变成了雨，雨变成了雾

窗外的风不住地颤抖着，一直想要穿过玻
璃告诉我些什么

我钻进了一只蝴蝶的体内，蝴蝶也从我的
身体里飞了出来

我钻进了一个路灯里面，路灯的光照在水
里又反射到夜空，把夜空扎出一个月亮

我从噩梦中醒来，继续把现实活成噩梦

我推开窗，这夜晚出奇的冷，夜空是一片
漆黑，外面没有那人那桥那水那月，只有风在
一直盘桓着，迟迟不愿离去

TIP OF
THE
ICEBERG

2020

早晚的天气越来越冷了

中午还是那么热

一片片阴差阳错

拼成了无可奈何的孤独

不期而遇

更像是刻意安排的独角戏

一半是回忆

一半是想象

银杏的果实在地上

我还是不能接受

很久没有听到蝉鸣了

TIP OF
THE
ICEBERG
2020

---

10 月 10 日 │ 浅浅的遗忘

太阳浅浅地照在那里

浅浅的遗忘装满了一个盒子

我曾很多次经历过一种感觉

那种感觉

即使亲身经历也会觉得触不可及

我是如此的卑微

也许

不是忘记而是没有学会

不是失去而是从来没有得到

所谓遥远

就是

过去的自己，现在的自己，以及未来的自己

成为没有交集的陌生人

10 月 22 日 ｜ 十月的夜

一无所有的人

患得患失的魂

十月的晚风乍起

十月的梧桐无雨

叶，飘散了一片一片又一片

心，荒芜了一遍一遍又一遍

读不懂夜的心

灰蒙蒙的天际像极了蒲公英拼凑成的雾

10 月 23 日 ｜ 山上的残月

五彩斑斓的叶子

路灯的光

随着夜晚来临而昏暗的山

残月

如此清纯美丽

10 月 24 日 ｜ 另一条路

还是那个月亮

还是一样的月光

却是另外的一条路

另外的一棵银杏树

路灯的光和月光打在树上

也打在我的身上

至于我，是也不是曾经的我

脚下依旧拖着深深浅浅的影子

只是有一种似曾相识的感觉

一种淡淡的，却很持久很熟悉的感觉

脚下的路面光滑得反射出一些光

一点点反射出脚步声

抬起头

远处的山黑漆漆的

10 月 28 日 ｜ 夜风从我的身体里穿过

TIP OF THE ICEBERG 2020

枯叶染红了山

天风扫荡了云

夜风从我的身体里穿过

我听到了风声

在一片静寂中

夜空一无所有

只是一片静寂的画板

10 月 31 日 ｜ 爱而不得的宿命

一场寒风一场雨

一席叶落一席秋

即使是在梦里

也是无法获得自己想要的东西

只能看着眼前的繁华生生流逝

TIP OF THE ICEBERG 2020

TIP OF
THE
ICEBERG
2020

11月17日 │ 受伤的叶子

这风雨下的每一片叶子

有哪一片不曾受到伤害

11月19日 │ 雪夜车灯

TIP OF
THE
ICEBERG
2020

紫黑色和橙色交织的云

车灯远远地照着

雨变成了雪

沾湿的落叶被风卷起

薄薄的雪

像极了流干泪水的眼

经历后更加寒冷

11月23日 | 窗外的月

我透过窗户向外看

月亮又直又高地悬着

像是倾诉着很久以前的故事

可是我听不懂

这夜终于冷了一些

想见面又害怕见面的我

慌慌张张被关掉的窗户

11月30日 | 又是一年落幕

躁动不安的风

无处安放的冷空气

地上的雪如流水一般肆意流淌着

这一年起起伏伏

也未经历生死

昏暗的大幕

不甘心地退下了

TIP OF
THE
ICEBERG
2021

02 月 16 日
残缺

一只慵懒的猫飞了过去

变成阴暗天际的蓬松的云

不知是谁捏的小雪人在微笑

静静的时光吞噬了昨日的一切

从床上苏醒的是我

一片落叶被地上的灯照得火红

这炽热的心破了一个洞

里面的东西逃离出来

破碎成天上的繁星

又被云雾遮蔽

我曾奋不顾身保护的梦想

长着一双忧郁的翅膀

一个被榨干感情的自己

时常奢望着这样那样

月

一如记忆中的明亮洁白

还是记忆中的形状

一种残缺的完美

像极了残缺的思念

我化作温润的水，在静静地流淌

一个人哼唱着的小曲

每一个音符都蹦蹦跳跳落入水中

搅碎了一池春水

激荡出一个眼睛的形状

像是哭泣又像是微笑

满怀深情又闪耀着单纯

如此熟悉又如此陌生

三月末的阳光

一缕一缕被拖成黯淡的丝线

一点点勾勒出长长的经纬

逐渐失去了原本的颜色

一缕一缕连成汩汩含情的波浪

一缕一缕连成肆意流淌的瀑布

一缕一缕连成风情万种的垂柳

柳树之下有雪白雪白的鹅

柳树之下有优哉游哉散步的非洲雁

柳树之下有一个人工湖

有一座跨湖的桥

还有一条蜿蜒的路

路的一面是回忆的深处

路的另一面是梦醒时分

TIP OF THE ICEBERG

2021

03 月 23 日
三月

251

TIP OF
THE
ICEBERG

2021

---

04 月 02 日 │ 清明时节

轻描淡写的温柔和感动

接受不了的过去和未来

触不可及的阳光

一个迷失方向的自己

试图追随从前的痕迹

不经意间注意到的美好

不经意间错过的团聚

我还在等

至少是等着与自己的和解

一场雨，一把伞

清明时节

像是迎接回忆一样迎接明天

04 月 05 日 ｜ 电车的轨道

白的黄的粉的花

装饰在路两旁的树上

郁郁葱葱的野草

沿着电车的轨道野蛮生长

地上的落叶打着旋儿舞蹈

远处的风铃摇出了清脆的声音

眼前的一切

无不倾诉着春风的顽皮

从黑暗走向光明的地铁

对着窗外呆呆望着的我

绿油油的小草微微颤抖

白玉兰的枝头也在微微颤抖

这里的春天很短

我错过了一个又一个改变自己的温暖

初夏，你来了吗

04 月 06 日 | 山上的亭子

沿着石阶和枯枝铺成的山路

一丛丛，一簇簇

粉色的还有紫色的花渐次闯进视野中

如此单纯

花和草的味道随着风在山间环绕

山顶上有一个亭子

亭子里面有一个棋盘

楚河汉界之上

岁月的匕首刻出了深深的裂隙

四外望去

看得见的是高低起伏的丘陵

看不见的是山外面更为浩瀚的海

百年国槐的虬枝

像血管一样扎向天空

TIP OF
THE
ICEBERG
2021

"你不是我的玩具"

几个孩子在纸箱子里玩着

树桩的年轮一圈圈

转成了一个眼睛

池塘里的水逐渐干涸

一直在想事情睡不着的我

既然决定放弃一段过往

又怎么会在意一个体面的借口

我是也不再是昨天的自己

大抵是因为无法脱离昨天的存在

只得无病而呻

外面静悄悄的

TIP OF THE ICEBERG

2021

悠闲的午后
小区的孩子们吹起来的气泡
从地上大摇大摆地飘了起来
终于在上升的途中破裂

水泥的台阶上
一只顽皮的猫
聚精会神地看着
从树上飘落下来的花瓣
漫不经心地摇着四月的尾巴

月亮累了
枕在了树梢上
睡了

如此卑微的我
想成为命运禁锢下的漏网之鱼
终于搁浅在大海和陆地的交界

TIP OF THE ICEBERG

2021

05 月 26 日 | 泉水

沉睡在泉水里面的麋鹿
又被上升的泉水托起

失去棱角的风
再也吹不动纸风车

锈迹斑斑的墙的背影下
我与银杏叶挥手告别

06 月 04 日 │ 曾经爱过

幽怨的风
不住地倾诉着什么

朦胧的记忆中
我好像曾经爱过这里

那淅淅沥沥的雨声
如此清澈

我满怀愧疚
外面的夜是黑漆漆的

我一定是曾经爱过
深沉地爱过这里的一切

捋着被昨天的自己一遍遍篡改的回忆
仰望着陌生人一样的昨天的自己

外面的风
没完没了

TIP OF
THE
ICEBERG

2021

06 月 08 日 ｜ 雨后的风车

火炭红色的花

郁结着多情的泪

风车在一圈圈地转啊转

鸟儿在一圈圈地飞啊飞

逃名无数中的我

大概只是不想满足当下的生活

微雨之下

天地一新

TIP OF THE ICEBERG

2021

奶白色的雾气
充斥在每一个能够触及的地方
我也不得不打起雨伞
撑起自己的身体和潮湿的空气

时间的脚步忽慢忽快
说我是许仙的声音
从回忆传到现实

我好像看到自己在和另一个世界的自己下棋
黑白分明的棋子也渐渐混沌起来

一幅残破不堪的水墨画
破碎成现实
错过昨天的自己
不知是否愿意重来

06 月 10 日 │ 大雾下的路边

雾气昭昭之下
我寄居在一片宽大的梧桐树叶下

废弃的蜘蛛网上
缀满了浮华的晶莹

蜗牛在路边花草的叶片上散步
路边的樱桃泛着害羞的红色
路边的杏依旧那么青涩

一只流浪的猫
终究敌不过人间的冷漠

TIP OF THE ICEBERG 2021

06 月 14 日 │ 栅栏

TIP OF THE ICEBERG 2021

自行车的两个轮子
变成了路边铁栅栏的装饰

樱桃的果实
变成嫣红色的玫瑰花瓣
我该以一种怎样的方式
睡在这嫣红的玫瑰花瓣上

07月28日 | 公交车

一只灵动的鹿从瓷砖的图案中跑了出来
路人的鞋子变成一只跑得飞快的黑猫
公交车欢脱地迈开步子向前奔跑
我还在原地呆呆地站立
我与现实很远
与梦想很近

TIP OF
THE
ICEBERG
2021

08月05日 | 路灯照着我的残骸

沉甸甸的梦想压垮了云
外面下起了雨
我从喧嚣中的孤独
走到一个人的孤独

一盏孤零零的路灯
一动不动地
照着我的残骸

此时已是八月五日的七点半

TIP OF
THE
ICEBERG
2021

TIP OF
THE
ICEBERG

2021

08 月 27 日 | 送别

太阳的光一片惨白

云被一点点地碾碎，四处蔓延

那梧桐和杨柳静默，一言不发

静默地为我送行

那是无言的告别

也是深情地含泪

怀揣着不甘的我

准备下一次流浪和放逐

痛残的心被一点点碾碎，无处安放

枝头的破败如影随形，无法躲藏

昨天和明天的自己

静默地躺在没有希望的原野

我的影子执着地选择背叛

TIP OF THE ICEBERG

2021

10 月 20 日 | 希望的破灭

太阳已经沉下去了

只有橘红色的天际

远处的树木留下参差不齐的黑色影子

我不知道是否还会要从头再来

希望的爝火完全熄灭

然后死灰复燃

无耻的风旋转在空中

旋转在大地

在眼睛里打着转

因为树木的无情
叶子落了一片又一片

地上的落叶随着风流淌着
卷成了一个太阳
照着行人也照着我

黄色的叶片像极了思念
仿佛一片又一片沉重的执念
压垮了秋日里无力承受的枝头

我踩着树叶
树叶也踩着我
树叶用清脆的声音安慰我
像耐心地安慰一个乖戾的孩子

我化成风
戏弄地上的叶子
一片又一片
那叶子也拥抱着我
拥抱着这一颗幼小的灵魂

不知何处来的一滴泪水
泪水里面是希望的种子
那里有一双明亮的眼睛
装满了活蹦乱跳的水滴

幻想中的那个人
还会满怀希望和微笑吗
只觉得自己的身体是一个盒子
里面是随时准备绽放的礼花
即使繁华之后也会一无所有

TIP OF THE ICEBERG

2021

01月01日
风与叶

11月01日 | 立冬

立冬，天冷了起来

外面下着雨或者是雪

只是听到淅淅沥沥的声音

搅扰着思绪

时间他睡着了

11月02日 | 立冬后的第二天

外面下着雪

是一种熟悉的感觉

在公交车望向外面

白茫茫的一片

这日是立冬后的第二天

TIP OF
THE
ICEBERG

2021

11月08日 | 排队做核酸

晚上七点半的夜空非常灰暗

楼上的雪化成水，打在下面的铁栏杆上发出声响

我在排着队

前面有很多人

后面也有很多人

有孩子在雪地里用模具把雪组成各种形状

稚嫩的手已经发红

外面的风还在刮着

宽大的梧桐树落了大约一半的叶子

我有些困意

只感觉路边的巨大牌匾开始变形

一个鑫字的下面

分明就是今生

TIP OF
THE
ICEBERG
2022

| 02 月 11 日 | 为奥运喝彩 |

奥运赛场上
一个个运动健儿奋力拼搏
用汗水挥洒出最振奋人心的时刻

无数的梦想汇聚
无数的情感交织

旋转的轻盈身姿
如花朵般绽放
扣人心弦的瞬间
牵动着所有人的情感

从现实的拼搏
到梦想的彼岸
汇聚在无数人的目光下

那是闪耀着兴奋和悸动的泪水

紧紧的相拥

仿佛时间也悄然屏住呼吸驻足

热烈的欢呼

激动的呐喊

无数的梦想得到实现

无数的故事静静流淌

在我国运动员获奖的时刻

我会为自己的国家骄傲

我会为自己的国家自豪

每一份努力都将得到应有的回报

五千年的传承

九百六十万平方千米的土地

无数先烈抛头颅洒热血的土地

哺育出了无数以梦为马的运动健将

无数的健儿奋勇拼搏

挑战自我

挑战极限

我们不会忘记那些争金夺银的选手

我们的历史也会铭记他们的功勋

来自希腊的圣火

点燃所有人的热情

那熊熊燃烧的圣火

穿过赛场

穿过电视

点燃所有人的激情

超越种族

超越肤色

超越成败

将奥林匹克精神传遍五大洲四大洋

一个个记录被打破的瞬间

一个个扣人心弦的激动时刻

所有的情感

都如同奔涌的大海

化成眼泪流淌

无数的运动员

为了自己

更是为了自己的国家

不断地努力和奋斗着

他们是伟大的运动员

用他们独有的拼搏

激励着振奋着每一个人

残酷难耐的训练

日复一日的坚持

终于化作赛场上最精彩的拼搏

自己的坚持

来自队友和观众的鼓励

一次次迎难而上

梦想的种子

被无数的汗水灌溉

终于结成了成功的果实

他们创造了一个又一个人类奇迹

或许他们本身就是奇迹

他们用努力强壮自己的身体

用坚持磨砺自己的意志

用梦想为剑，以拼搏为犁

勾勒出人世间的波澜壮阔

耕耘出最甜美的累累硕果

泪水与汗水的滚烫

铸就了梦想的辉煌

谱写出一幕幕感人的乐章

无数人的希冀

无数人的魂牵梦绕

化作无形的线

流淌在时间的缝隙中

那一幕幕动人心魄的瞬间

伴随着雷鸣般的掌声

伴随着阵阵鼓点之声

仿佛绕梁三日余音不绝

我们期待着下一面五星红旗升起在奥运颁奖台上

我们祝福着下一位运动健儿获得满意的成绩

如果说哪一种颜色最美丽

那一定是中国红

浸润着无数人的期望

承载着无数人的梦想

昂然飘扬在所有人的眼前

那是最鲜艳的五星红旗

我们会用自己的热情

带着传承五千年的文化底蕴

带着自信和微笑

迎接来自世界的友人

运动健儿们同台竞技

在赛场上挑战生命的奇迹

所有的观众

将会和运动员一样

同呼吸共命运

时而怦然心动

时而屏气凝神

一同分享辛酸和喜悦

运动员们奋勇拼搏

他们是自己国家的名片

他们是梦想的代言人

我也坚信

所有人的努力

终将绽放出成功的花朵

那被无数人传承着的梦想和运动精神

依旧在传递着

一幕幕激动人心的时刻也即将拉开帷幕

把遗憾和失落交给昨天

满怀期待和热情

迎接下一次的挑战

无数的追梦人前赴后继

只为那颗依旧滚烫的初心

我

为奥运喝彩